Ein Sommer zum Pferdestehlen

1. Auflage 2019

ISBN 978-3-7641-5142-3

Übereinstimmungen und Ähnlichkeiten mit lebenden Personen oder Familien sind rein zufällig und nicht beabsichtigt.
Lektorat: Angela Iacenda
Umschlaggestaltung: Carolin Liepins
unter der Verwendung eines Fotos von © Shutterstock/Best dog photo

Druck und Bindung: CPI books GmbH
Gedruckt auf Papier aus geprüfter nachhaltiger Forstwirtschaft.
www.ueberreuter.de

MINA TEICHERT

Ein Sommer zum Pferdestehlen

ueberreuter

1

ALL DIE SCHÖNEN PFERDE

Ich trete kräftig in die Pedale meines Fahrrads, um so schnell wie möglich viel Abstand zwischen mich und die Schule zu bringen. Sommerferien, ich komme! Keine Fünf in Mathe. Kein Totalausfall in Chemie. Und ab jetzt keine Lehrer, Zahlen oder Grammatiktests mehr. Die nächsten sechs Wochen kann die Schule mich mal.

Meine Fahrradklingel klötert laut, als ich auf den Sandweg zu unserem Bauernhof einbiege und den Schlaglöchern ausweiche. Beinahe verliere ich meinen Hut vom Kopf. Ich trage gerne welche, weil man sie so super ins Gesicht ziehen kann, um eine Grimasse zu verstecken. Und sie schützen vor einem Sonnenstich. Das Wetter schreit nach Schwimmengehen. Nur leider wird da heute sicherlich nichts draus, weil meine Mutter einen ganzen Katalog an Aufgaben für mich haben wird, bevor die Feriengäste auf unserem Hof eintreffen.

Endlich komme ich an dem Schrottplatz vom alten Fassbinder vorbei. Von hier sind es nur noch zehn Minuten bis nach Hause. Immer geradeaus, entlang des hohen Zauns, der mit Stacheldraht gespickt ist, und vorbei an verdorrtem kniehohem Gras, in dem alte Kühlschränke und Waschmaschinen sich zugewandt stehen, als würden sie ihre letzten Gespräche führen, bevor sie auseinandergebaut werden.

Ich pfeife gerade ein fröhliches Lied und trete noch einmal so richtig in die Pedale, als ich aus den Augenwinkeln eine Bewegung zwischen den aufgetürmten alten Autowracks erspähe. Moment mal!? Zackig drehe ich mich um und lasse das Fahrrad im Leerlauf weiterfahren. Durch den Maschendrahtzaun kann ich nicht viel sehen, aber etwas gehört hier ganz und gar nicht hin. Weit entfernt blitzt immer wieder etwas Farbenfrohes zwischen dem ganzen Grau des Schrottplatzes auf. Ich blinzle. Das gibt's doch nicht! Hinter einem der rostigen LKWs steht ein kunterbunter Kutschwagen. Der ist neu, denke ich und vergesse für einen Moment, dass ich immer noch auf der unbefestigten Abkürzung bin. Mein Vorderrad rutscht weg, als es im Sand versinkt, und mein Pfeifen bleibt mir in der Kehle stecken. Fast knalle ich der Länge nach hin und mein Hut fliegt davon.

»So ein Mist!«, brülle ich, komme ungelenk auf meine Füße

und gebe dem Rad einen Tritt. Dann lausche ich. Wiehert da was? Ruckartig drehe ich mich wieder zum Schrottplatz um und entdecke es: das Wunder. Ein Lebewesen, ein Pferd auf dem Schrottplatz des griesgrämigen Herrn Fassbinders. Inmitten des Autofriedhofs steht es angebunden an einer Kutsche, die mich unweigerlich an alte Geschichten vom Fahrenden Volk erinnert. Er ist bunt bemalt mit Blumen und Schnörkeln. Achtlos lasse ich mein Rad am Wegrand liegen und presse mich an den Zaun.

»Pferdchen«, rufe ich auffordernd und mache Schnalzgeräusche. Freudig werde ich mit einem leisen Wiehern begrüßt. Das gescheckte Pferd spitzt die Ohren, von denen eines weiß und das andere schwarz ist. Es dreht sich einmal um sich selbst, spannt die Leine, an der es befestigt ist, und schaut wieder zu mir, als wolle es sagen: »Komm her, ich kann hier nicht weg.«

»Hey, du Hübsche«, rede ich mit der Stute. »Wo kommst du denn plötzlich her?« Der alte Mann, dem der Platz gehört, hat doch sonst nichts für Pferde übrig. Die Stute schnaubt leise und schlägt mit dem Kopf, als würde sie mich erneut auffordern. Es kribbelt regelrecht in meinen Fingern und ich möchte mich am liebsten am Zaun hinaufziehen. Doch mein

Blick bleibt an dem Schild hängen: *Zutritt verboten. Eltern haften für ihre Kinder.*

Ich ziehe mich trotzdem ein Stück hinauf. Stacheldraht. Das kann schwierig werden, denke ich. Meine Jacke rutscht am Handgelenk hoch und ein Blick auf die Uhr verrät mir, dass ich außerdem spät dran bin. Im Geiste höre ich Mama schon eine Predigt über Pünktlichkeit halten.

Unwillig reiße ich mich von dem bezaubernden Pferd los und hole mein Rad.

»Ich komme wieder. Versprochen!«, rufe ich der Stute zu, die mich aufmerksam beobachtet und dabei die enorm lange weiße Mähne schüttelt. Ganz sicher, so schnell es geht, denke ich. Beinahe vergesse ich meinen Hut auf dem Weg, bevor ich aufgeregt davonradle.

Als ich auf unseren Hof einbiege, fällt mir gleich das fleißige Treiben unserer Angestellten auf. Sie huschen wie die Ameisen von einer zur anderen Ecke. Es wird gefegt, aufgeräumt, Pferdeställe ausgemistet und mittendrin steht Mama, die Kommandos gibt. Papa sagt immer, Mama hätte auch gut Feldwebel bei der Bundeswehr werden können. Wehe, die Leute kuschen nicht gleich, dann hat man das Gefühl, sie greife jeden Moment zur Peitsche. Mama ist immer mordsmäßig angespannt, wenn die Feriensaison anbricht. Dann wird gewienert, geputzt, gewaschen und vorgekocht, was das Zeug hält.

Der Versuch, mich ungesehen ins Haus zu schleichen, misslingt kläglich. Noch ehe ich einen Fuß auf der Schwelle habe, höre ich meinen Namen.

»Klara! Du bist spät dran«, stellt Mama fest und ich bleibe auf dem Absatz stehen. »Du hilfst mir mit den Zimmern, ja?«, fragt sie, doch ich weiß, dass das nicht als Frage zu verstehen ist. Also füge ich mich und ignoriere meinen knurrenden Magen.

»Na klar, Mami«, erwidere ich brav und ergebe mich meinem Schicksal. Dabei kann ich putzen nicht ausstehen. Nichts ist öder, höchstens Mathe.

Mama lächelt lieb und drückt mir einen Eimer mit Schwämmen in die Hand. Sie selbst schleppt Staubsauger, Schrubber und Co. hinter sich her, die Treppe hinauf in den Gästebereich.

»Mama, weißt du, dass auf dem Schrottplatz ein Pferd steht?«, frage ich und mach ihr die Tür zum ersten Zimmer auf.

»Ein Pferd?« Sie runzelt die Stirn und scheucht mich vor sich her.

»Ja, und eine Kutsche. Eine quietschbunte, die so seltsam rund ist.« Meine Hände formen sie nach. »Sie sieht ein bisschen aus, als wäre das so eine Art Wohnwagen.«

Mama macht den Staubsauger an und ich schreie dagegen an. »Weißt du davon?«, frage ich in der Hoffnung, der Dorffunk hätte schon Informationen übermittelt, die mir entgangen sind.

»Das ist sicher das Pferd von der kürzlich verstorbenen Frau Fassbinder.«

»Es gab eine Frau Fassbinder?«, frage ich irritiert und denke an den tristen Vorgarten des Haupthauses des Schrottplatzes, in dem keine Blume blüht. Und an die Fenster, in denen nicht eine Gardine hängt, und an den Hofhund, der nur Abfälle zu fressen bekommt. Ich habe dort nie eine Frau gesehen.

»Ja. Es heißt, sie hat es nicht mehr bei ihrem Mann ausgehalten«, erklärt Mama. »Die Leute sagen, sie ist mit ihrem Pferd umhergezogen und hat selbst genähtes Zeug verkauft. Wie man davon leben kann, ist mir allerdings ein Rätsel.« Mama zuckt die Achseln.

Das ist ja ein Ding. Da ist die Gute ihrem Mann einfach abhandengekommen? Verwundert mich nicht sonderlich. Ich hab den alten Fassbinder mal gesehen, wie er seinen Hund verdroschen hat. Das war fürchterlich. Ich hatte Albträume davon.

Mama stellt den Staubsauger ab, als der einen alten Socken unterm Bett findet und verstopft. »Wir erwarten morgen zwei Familien und Bruno«, erzählt sie mir, während sie den Stofffetzen aus dem gierigen Sauger pult. Dann fordert sie mich mit einem lodernden Blick auf, endlich mit dem Staubwischen anzufangen. Ich nicke verstehend. Papa ist seit Tagen mit der Grasernte beschäftigt und Mama muss alleine die Organisation des Ferienbetriebs machen. Eine halbe Stunde später sind die Zimmer blitzeblank und Mama und ich schlendern Hand in Hand in die Küche.

Endlich Mittag. Ich habe einen Bärenhunger und mampfe gerade meine Spaghetti, als Papa mit seinem Lieblingsthema anfängt: »Und, Klara, was hast du so vor? In den Ferien? Willst du nicht endlich mal den Kutschkurs bei Onkel Wilhelm machen?« Ich verdrehe die Augen. »Papa, ich kann Kutsche fahren. Ich habe keinen Bock, mir die ganzen langweiligen Geschichten von Willi anzuhören.« Der hört sich nämlich ziemlich gerne reden, der gute Onkel. Und das kann nerven. Gut, er hat pferdemäßig echt was drauf, aber trotzdem. Wer will schon wissen, wie es damals war, als die Leute noch ihr Heu per Handarbeit ernten mussten? Als es kaum Landmaschinen gab.

Papa runzelt die Stirn. »Aber, du könntest ein wenig mehr Grundwissen gebrauchen. Und dann kannst du mit der Shettykutsche auch endlich umgehen.«

Mann, da baut man einen kleinen Unfall, schon wird er einem ewig vorgehalten! Ich stoße hart die Luft aus. Das war letztes Jahr. Ich hatte die beiden Shettys Thelma und Louise vor dem Wagen. Zweispännig fahren ist noch nie meine Stärke gewesen. Und hallo? Ich bin ja auch erst dreizehn, da muss man noch nicht alles können. Oder? Jedenfalls wollten die doofen dicken Ponys auf einmal einen Waldweg entlang, der in der Mitte einen Pfahl hatte, damit keine Autos ihn befahren. Ich habe den Ponys ganz klare Anweisungen gegeben, stehen zu bleiben, aber die mussten ja unbedingt fröhlich geradeaus traben. Eines rechts an dem Pfeiler vorbei, das andere links. Dummerweise kam dahinter die Kutsche mit mir darauf, die sich ja schlecht zweiteilen konnte. Also hat es gekracht. Und zwar so richtig.

»Ich hab ja noch genug andere Sachen zu tun«, sage ich mit vollem Mund und ernte einen tadelnden Blick von Mama.

»Apropos, du könntest mal deinen Hut beim Essen absetzen, das haben wir besprochen«, erinnert sie mich an unser Gespräch über gutes Benehmen. Ich seufze und lege ihn auf den freien Stuhl neben mir. Papa zwinkert. Er mag meinen Hutfimmel. Ich weiß gar nicht so genau, wie viele ich jetzt eigentlich besitze.

»Du könntest mit der Mini-Kutsche Bruno vom Bahnhof abholen«, greift Mama das Thema wieder auf.

Bruno. Auch das noch. Ein Junge der besonderen Art. Der ist so was von lästig. Er kommt seit fünf Jahren für jeweils zwei Wochen hierher, um Ferien zu machen. Ein richtiges Stadtkind, sagt Mama immer. Seine Eltern wollen, dass er hier gesunde Landluft schnuppert und was mit Tieren macht. Bei dem Gedanken muss ich grinsen. Wenn Bruno was mit Tieren macht, sieht das ungefähr so aus: Er glotzt sie an. Aus einer sicheren Entfernung von zwei Metern. Mindestens.

»Kümmere dich dieses Jahr doch bitte ein wenig mehr um ihn, ja?«, meint Mama plötzlich und ich verschlucke mich fast an einer zu langen Nudel. Mir treten Tränen in die Augen.

»Er ist doch ein wirklich netter Junge«, schiebt Mama nach. Papa lächelt doof. »Ja, und er ist so schlau«, sagt er ehrfürchtig und wartet meine Reaktion ab. Er weiß, dass ich Brunos ganzen grammatikalischen Verbesserungen, wenn ich rede, nicht mag.

»Du meinst, er ist ein totaler Klugscheißer«, zische ich etwas zu angriffslustig.

»Ja, das auch«, sagt Papa immer noch fröhlich.

»Also«, schimpft Mama jetzt. »Er ist ein Produkt seiner Umwelt.«

»Was auch immer das heißen soll«, schließe ich und verschränke trotzig die Arme vor der Brust. Ich finde, der ist letztes Jahr auch ganz gut alleine klargekommen.

»Der arme Junge kann doch nicht nur den Kopf in seine Bücher stecken«, wirft Mama nachdenklich ein. »Er macht schon so lange Urlaub bei uns. Vielleicht kannst du ja mal mit ihm ins Freibad gehen und da Marei diesen Sommer wieder mit ihren Eltern verreist …« Toll, dass sie mich daran erinnert!

Ich starre Mama an wie eine arme Irre. »Ich mit ihm ins Freibad? Mama, der nervt! Und was sollen denn die anderen denken?«

»Also, ich finde, du kannst viel von ihm lernen, Schätzchen. Er ist so ein gescheiter Junge«, scherzt Papa und verkneift sich ein Lachen.

»Na, wenn du dann auch so locker bist, wenn ich meinen

ersten Knutschfreund mit nach Hause schleppe, dann ist ja alles gut«, sage ich an Papa gerichtet, dessen Grinsen augenblicklich verrutscht. Jetzt sieht Paps aus wie jemand, der den Bus verpasst hat, und ich muss kichern.

»Seine Eltern zählen auf uns. Darauf, dass wir den Jungen mal ein bisschen aus der Reserve locken.«

»Ich wette, seine Eltern machen selber Urlaub von Bruno und schieben jetzt einfach mir den schwarzen Peter zu«, schmolle ich.

»Ich muss noch zehn Rinder umlassen und auf die hintere Wiese bringen. Wer von euch hilft?«, fragt Papa und steht geräuschvoll vom Tisch auf.

»Ich wasch ab«, sage ich schnell. Auf Kühe treiben habe ich jetzt gar keine Lust. Mama auch nicht, denn die tut so, als habe sie Papa gar nicht gehört. Sie bleibt als Chefin des Hauses auch lieber drinnen.

Es ist Nachmittag und die Sonne knallt Marei und mir auf den Kopf, als wir den Sandweg entlangradeln. Ich kann den Schrottplatz schon sehen. Er flimmert in der Hitze und ich stöhne leise. Meine braunen Locken kräuseln sich im Nacken und werden nur von meinem Strohhut gebändigt.

»Dort drüben«, keuche ich. »Siehst du sie?« Ich zeige auf den bunten Wagen, der hinter den Autowracks auftaucht.

»Ja, ja«, ruft Marei und wird schneller. Ihr blonder Zopf wippt lustig um ihren Kopf herum, während sie in die Pedale tritt. »Ich sehe sie.« Dann macht sie eine Vollbremsung und verschwindet in einer Staubwolke. »Und wie kommen wir jetzt zu ihr?«, fragt sie grüblerisch und ich fahre in den Sandsturm der Wüste Gobi.

»Mann, ich krieg keine Luft mehr«, jammere ich und wedle mit der Hand. Ein Scheppern und ich treffe auf Mareis Rad. Dann lassen wir unsere Gefährte zeitgleich fallen. Ich stelle mich hinter meine Freundin, die ihre perfekte Nase durch den Maschendrahtzaun steckt und den Schrottplatz inspiziert.

»Dort drüben, da können wir durch«, erklärt sie fachmännisch und zeigt auf eine Lücke im Zaun. »Wenn wir den Draht hochbiegen und dann den nächsten …«

Ich unterbreche sie ungeduldig und ziehe sie mit mir dorthin. Schwuppdiwupp und wir stehen im nächsten Augenblick auf dem Schrottfriedhof. Der Wind bläst das hohe Gras platt, aber wir halten beständig auf den Wanderwagen zu. Hinter ihm kommt die Stute hervor und wiehert freudig, als sie uns entdeckt.

»Hui, was für ein schönes Pferd.«

»Ja, nicht wahr?«, sage ich.

»Was ist das für eine Rasse?«, fragt Marei und bleibt hinter mir stehen, als wir ankommen.

»Ein Irish Cob. Sie kommen aus England und Irland. Ich habe vorhin gegoogelt und herausgefunden, dass die Irish Traveller diese Pferde als Wagenpferde gezüchtet haben. Und da sie alles mochten, was bunt ist, haben sie auch viel Wert auf die gescheckte Fellzeichnung gelegt.«

Das Pferd bleibt stehen, als sich das Seil spannt. In ihrem Radius ist alles bis auf den letzten Grashalm abgenagt.

»Guck mal, die hat ja Puscheln an den Füßen«, sagt Marei und ich schaue auf den Fellbehang an den Beinen der Stute. Man sieht ihre Hufe gar nicht, so dichtes Fell hängt an den Beinen herunter. Vorsichtig strecke ich meine Hand nach dem Pferd aus. Man kann bei fremden Tieren nie wissen, wie sie reagieren. Und ob sie schlechte Erfahrungen gemacht haben. Die Stute schnuppert und bläst ihren warmen Atem über meine Finger. Es kribbelt. Sie sieht freundlich aus. Von Nahem erkenne ich, dass sie ein braunes und ein blaues Auge hat.

»Och, wie hübsch die ist«, haucht Marei begeistert. Ich zeige dem Pferd einen Apfel und es beißt krachend hinein.

»Das scheint ihr zu schmecken«, sage ich fröhlich und klopfe dem Tier den Hals. Sie steht ganz ruhig. Nur das Mahlen ihrer Zähne ist zu hören.

»Ist die lieb?«, fragt Marei etwas ängstlich, als sie noch näher kommt. Marei ist vor einiger Zeit von einem Pferd getreten worden und ist seitdem zurückhaltender, was die großen Tiere betrifft.

»Ich glaube schon«, sage ich lässig und entwirre die lange Mähne, in der sich Kletten verfangen haben. »Sei kein Frosch und streichle sie einfach«, fordere ich meine Freundin auf.

»Meinst du?«, fragt sie zögerlich. Doch dann legt sie vorsichtig ihre Hand auf die Pferdenase. Die Stute hält ganz still und schließt ein wenig die Augen.

»Ich würde behaupten, ich habe noch nie ein so tiefenentspanntes Pferd gesehen«, beruhige ich Marei und zerre an einer verklebten Pferdelocke.

»Möglich. Sie ist echt nett.« Das Pferd hat einen ganz verdreckten Bauch. Vielleicht alter Mist, in dem sie gelegen hat. Man sollte das Tier einmal waschen.

»Ich glaube, diese Stute hat schon ewig keiner mehr gepflegt. Eine Schande ist das«, murmle ich und ziehe die Pferdehaare glatt. Die Stute scheint die Aufmerksamkeit und das Kraulen zu genießen. Langsam traut sich auch Marei ganz nahe heran und nach wenigen Minuten ist das Eis dann endgültig gebrochen. Die Stute scheint Mareis Furcht zu spüren und verhält sich besonders sanft ihr gegenüber.

Nach einigen Minuten bleibt Marei sogar alleine bei ihr und plaudert verzückt vor sich hin.

»Ich bin verliebt, glaube ich.« Sie traut sich sogar, sich eng an das Pferdchen zu schmiegen, das genüsslich die Augen schließt. Ich klettere derweil auf den Kutschbock und finde einen Namen, der mit schwungvollen Buchstaben an der Seite geschrieben steht. »Gypsy«, verkünde ich und das Pferd dreht seinen Kopf zu mir.

»Oh, sie hört drauf. Das muss ihr Name sein«, ruft Marei begeistert. »Gypsy?«, wiederholt sie und die Stute grummelt leise.

»Das ist ein schöner Name«, flüstere ich leise zu mir selbst. Marei macht sich daran, Wasser aus dem Brunnen zu ziehen, um die Tränke aufzufüllen. Das Pferd spitzt die Ohren und kommt ihr hinterher. »Die hat bestimmt schon lange keiner mehr gefüllt«, schimpft Marei. Gypsy säuft mit langen Zügen. Ihre Ohren zucken lustig bei jedem Schluck. Ich wende mich grinsend von dem Anblick ab und wieder dem bunten

Wanderwagen zu: Hinter dem Kutschbock befindet sich eine Schiebetür, die sich leicht öffnen lässt. Ich stoße einen beeindruckten Pfiff aus. Es gibt einen winzigen Herd, eine Koje mit bestickten Kissen und Decken und – was haben wir denn da? Ich klettere hinein. Sogar Gypsys Kutschgeschirr liegt hier herum. Es ist rot und – so wie es aussieht – ist alles vollständig und ganz. Man könnte Gypsy also jederzeit anspannen. Ich klettere wieder aus dem Wagen und will Marei rufen, als mich plötzlich jemand am Arm packt. Mein Herz sackt mir in die Hose und ich werde unsanft vom Kutschbock gerissen. Ich sehe den Boden auf mich zurasen, bevor ich herumgewirbelt werde und in ein zorniges Gesicht schaue.

»Was macht ihr hier?«, zischt mich der alte Fassbinder an. Marei wird kreideweiß und versteinert. Gypsy trinkt unbeeindruckt weiter.

»D–d-das Pferd hatte Durst«, sage ich und starre in die blutunterlaufenen Augen eines alten Mannes, dessen bester Freund mit Sicherheit Jim Beam oder Johnny Walker heißt. Die Whiskey-Sorten, die Onkel Kurt ständig trinkt und wonach er dann ähnlich aussieht, wie der torkelnde Mann vor mir.

»Ihr habt hier nichts zu suchen, ihr Rotzgören«, speit Fassbinder mir entgegen, während er mich loslässt, als hätte er sich an mir verbrannt. Ich falle auf den Hintern, rapple mich aber schnell wieder auf. Mein Hut versperrt mir für Sekunden die Sicht. Marei weicht erschrocken einige Schritte zurück. Die Leute sagen schließlich, der alte Fassbinder sei verrückt.

»Ist das Ihr Pferd?«, frage ich mutiger, als ich mich fühle, und klopfe mir den Dreck von der Hose.

»Und wenn dem so ist?«, fragt der Alte zurück und stemmt dabei die Hände in die Hüfte.

»Wenn das so ist, müssen Sie sich besser um Gypsy kümmern.« Er verengt die Augen zu Schlitzen. »Gypsy, Gypsy, Gypsy. Bald hat's sich ausgegypsyt. Die braucht nix mehr.«

»Wie meinen Sie das?«, fragt Marei und ich ahne die Antwort schon.

»Der Schlachter holt den Zossen übermorgen.«

»Was?«, ruft Marei entsetzt, greift nach dem Halfter der Stute und zieht den Pferdekopf zu sich heran. Jetzt fixiert der alte Mann sie mit seinem eisigen Blick und hebt den Zeigefinger. Marei lässt das Halfter wieder los.

»Aber, das können Sie doch nicht …«

Er schneidet mir das Wort ab. »Wieso sollte ich das nicht machen können? Es ist jetzt mein Pferd und ich kann damit tun, was ich will.«

»Aber, sie ist doch gesund.«

Er zuckt gleichgültig die Achseln. In diesem Moment verdunkeln die Wolken plötzlich die Sonne und jegliche Wärme scheint diesen Ort zu verlassen. »Verschwindet von hier. Und kommt nicht wieder, klar?«, donnert Fassbinder uns an und macht einen bedrohlichen Schritt auf uns zu. Ich stolpere rückwärts, weil ich fürchte, dass er mich wieder packt. Seine knorrigen Finger ballen sich zu Fäusten. Dann dreht sich der alte Fassbinder um und geht. Dabei brummelt er noch ein paar Worte vor sich hin: »Tot. Und der Gaul ist schuld daran, dass ich sie nicht mehr gesehen habe. Jetzt wird er auch bald tot sein. Wie sie. Wie ich.«

Marei und ich ziehen uns zurück, auch wenn Gypsy uns hinterherwiehert und es mir das Herz zerreißt. Weit weg höre ich Fassbinders Rottweiler in seinem Zwinger bellen und mit dem ist nicht zu spaßen. Mareis Blick spricht Bände. Verzweiflung weicht Entschlossenheit.

»Das wird nicht passieren«, sagen wir beide gleichzeitig mit fester Stimme und noch festerem Blick. »Gypsy wird leben.«

2

LEBENSRETTENDE MAßNAHMEN

Ich kann nicht fassen, dass meine Eltern so hart sind. Ich habe mit Marei eine gefühlte Ewigkeit auf sie eingeredet und ihnen von Gypsy erzählt. Ich wollte sogar meine Ersparnisse opfern, um Gypsy dem alten Fassbinder abzukaufen, und hatte mir schon überlegt, wo sie auf dem Hof stehen könnte. Aber Mama blieb hart. Und da sie immer das letzte Wort hat, habe ich bei Papa dann auch aufgegeben, nachdem er sowieso nur skeptisch geguckt hat. Die halbe Nacht hab ich geheult. Jetzt sitzen Marei und ich grübelnd auf der Shettykutsche auf dem Weg zum Bahnhof, um Bruno abzuholen.

»Ich muss adoptiert sein. Ich kann unmöglich von so herzlosen Menschen abstammen«, schimpfe ich und treibe die dicken Ponys zur Eile an. »Und jetzt musst du auch noch wegfahren«, jammere ich und schaue Marei von der Seite an. Sie wirkt abwesend, zwirbelt ihr langes Haar und starrt Löcher in die Luft. Das tut sie schon die ganze Zeit. Ich seufze. Nicht weit weg, parallel zu der Feldstraße verlaufen die Schienen der Eisenbahn und ich sehe den Zug schon einfahren. Wir sind nicht mehr weit entfernt vom Treffpunkt, kurz vorm Bahnhof.

»Wir befreien sie und nehmen sie mit«, sagt Marei plötzlich in die Stille zwischen uns. Die Zügel flutschen mir fast aus der Hand und Thelma nimmt das zum Anlass, schneller zu werden.

»Was?«, frage ich irritiert.

»Na, das Pferd«, erklärt Marei mit Nachdruck. »Gypsy!«

Ich bekomme große Augen. »Ich wusste ja gar nicht, dass du eine kriminelle Ader hast«, sage ich versucht gelassen. Mitnehmen? Das ist klarer Diebstahl! Ich habe noch nie etwas gestohlen. Obwohl? Nein, das stimmt nicht ganz. Als Dreijährige habe ich mal Süßigkeiten in einem Laden geklaut. Aber das zählt nicht, denn mit drei weiß man noch nicht, was man tut. Ob man mit dreizehn auch noch damit durchkommt? Tut mir leid, Herr Richter. Ich wusste nicht, dass es falsch ist, ein Pferd zu klauen, das der Besitzer sowieso nicht haben will.

»Hab ich auch nicht«, erklärt Marei schnell. »Die kriminelle Ader, von der du sprichst«, erklärt sie, als ich ihr wieder nicht folgen kann. Ich muss lächeln. So was will sie nicht auf sich sitzen lassen. »Aber, meine Cousine sagt immer: Der Zweck heiligt die Mittel«, ergänzt sie.

»Und dann, wo wollen wir mit dem Pferd hin? Ich meine, die werden uns Gypsy doch sofort wieder wegnehmen«, gebe ich zu bedenken.

Jetzt wird Mareis Blick wieder wacher. »Also, pass auf: Ich habe einen Plan.«

»Einen Plan?« Das klingt gut.

»Ich habe eine Tante, Enie van Wolkenstein. Sie wohnt in Holland, nahe bei der Grenze zu Deutschland, und sie hat einen Gnadenhof für alte Bauernhoftiere.«

»Ja, stimmt. Von ihr hattest du mir mal erzählt.«

Marei nickt bekräftigend. »Genau die. Die hat ein riesiges Herz für Tiere in Not. Aber wir müssen sie überrumpeln, sonst grätschen unsere werten Eltern dazwischen.«

»Und wie sollen wir das anstellen?« Die Zahnräder in meinem Gehirn beginnen zu rattern. Beinahe höre ich sie ineinandergreifen.

»Du kannst Kutsche fahren und das Pferd anspannen. Wieso sollten wir nicht einfach mitsamt dem Wagen verschwinden?«

Ich rutsche unruhig auf dem Kutschbock herum. »Ja, und

am nächsten Morgen werden wir von der Polizei gesucht, weil unsere Eltern uns als vermisst melden.« Ich runzle die Stirn. »Und der Fassbinder meldet Pferd und Kutsche als gestohlen. Dann zählen Polizei und unsere Eltern eins und eins zusammen und wissen, was los ist.«

An Mareis Blick sehe ich, dass sie auch dafür eine Lösung ausgeklügelt hat. »Nicht, wenn du mit mir und meinen Eltern in den Urlaub fährst.«

Ich schaue Marei wie eine geistig Zurückgebliebene an, bis der Groschen fällt. »Und du bei uns im Ferienbetrieb bleibst?«, vervollständige ich dann ihre Überlegung. Ich lache und Marei stimmt mit ein. »Du bist genial.« Kräftig drücke ich Marei an mich, was die Ponys dazu veranlasst, in einen Galopp zu verfallen, der den kleinen Wagen gefährlich holpern lässt. Schnell greife ich die Zügel fester. »Hoooolah«, rufe ich bemüht ruhig und bremse die beiden dicken Ponys ab. Thelma schnaubt zufrieden. Sie mag es zu rennen und kaut laut auf ihrem Gebiss.

»Wir müssen nur dafür sorgen, dass unsere Eltern es nicht schaffen, miteinander zu reden.«

Einfacher gesagt als getan.

»Wann wolltet ihr los in den Urlaub?«, frage ich und halte

die Ponys am Ende des Weges an, bevor wir auf die geteerte Straße kommen. Der Bahnhof ist in Sichtweite. Bis hierhin würde Bruno zu Fuß kommen müssen.

»Das ist der Knackpunkt. Sie fahren heute Abend. Und daher müssen auch wir noch heute Nacht mit Gypsy verschwinden.« Mareis Augen glänzen entschlossen. Sie ist wahrlich eine Freundin zum Pferdestehlen! Ich gebe ihr einen dicken aufgeregten Kuss auf die Wange. Sie schlingt ihre Arme fest um mich und drückt zu. »Meinst du, wir schaffen das?«, fragt sie leise an meinem Ohr. Mareis ängstliche Seite hat sie offensichtlich eingeholt.

Ich löse mich von ihr und halte ihr meinen kleinen Finger entgegen. »Ich schwöre, wir werden Gypsy retten«, erkläre ich feierlich.

Marei hakt ihren Finger in meinen. »Ich auch. Komme, was wolle.«

Wenig später kommt Bruno um die Ecke des Bahnhofgebäudes und hält auf uns zu. Er zieht seinen Trolley hinter sich her und hat tatsächlich ein Buch vor der Nase.

»Hey, fall bloß nicht hin«, begrüße ich ihn wenig besorgt. Er hebt den Blick, lächelt und winkt. Seine Nase ist noch größer als im letzten Jahr.

»Hallo, Klara.« Er verstaut sein Buch und lädt den Koffer auf den Wagen. Marei grüßt ihn zögerlich. Da sie die letzten Jahre immer schon im Urlaub war, bevor Bruno kam, kennt sie ihn nur von Erzählungen.

»Ich bin Bruno, und du?«, fragt der dürre Junge und schwingt sich ungelenk hinter uns auf die Kutsche. Marei kaut auf ihrer Unterlippe. Das tut sie immer, wenn ihr wichtige Sachen auf der Zunge brennen und sie gerade nicht mit mir darüber reden kann. So wie in der Schule, wenn der Unterricht in vollem Gange ist.

»Marei, ich bin Marei«, sagt sie schnell und lächelt versucht freundlich. Dann herrscht betretenes Schweigen und ich treibe die Ponys mit einem Schnalzen an, um mit dem Feriengast nach Hause zu kommen. Umso schneller, desto besser. Dann können Marei und ich weiterreden. Und unseren Plan perfektionieren.

Das Trippeln der Pferde hört sich in meinen Ohren wie tickende Sekunden an und ich bin froh, als Marei das Wort ergreift.

»Was liest du denn da?«, fragt sie, als Bruno sich wieder das Buch vor die Brille hält.

»›Herr der Ringe‹«, erklärt er.

»Echt jetzt?«, fragt Marei. »Das gab's doch schon im Fernsehen.«

»Ja, aber Lesen ist anders. Viel intensiver, finde ich«, erklärt Bruno in einem lehrerhaften Ton. »Und Lesen schult das Gehirn. Liest du nicht gerne?«, fragt er irritiert, als Marei ein wenig die Nase rümpft.

»Doch, doch«, erwidert sie und bindet ihre Haare zu einem Zopf. »Bist du ein Bücher-Junkie?«, fragt sie neckend.

»Definiere ›Junkie‹«, sagt Bruno und schaut Marei erwartungsvoll an. Vielleicht hofft er, sie teile seine Leidenschaft, aber Marei guckt jetzt nur komisch und sagt nichts mehr.

»Ja, ich sterbe für Bücher, wenn du es genau wissen willst«, ergreift er erneut das Wort.

Mareis Blick spricht Bände. »Also, wenn du es genau wissen willst, ich eher nicht.«

»Schade, ich hätte dir bestimmt etwas empfehlen können, das du noch nicht kennst.«

»Mhh«, macht Marei und lässt Bruno weiter von der Elbenfrau Arwen und dem Zauberer Gandalf reden. Tapfer nickt sie an den passenden Stellen oder lächelt. Aber ich weiß, dass sie gar nicht richtig zuhört. Dann redet Bruno über Orks und Schwerter. Und von dem soll ich was lernen können? Ich muss grunzend lachen, aber Bruno interpretiert das falsch und holt noch ein wenig weiter aus, um uns zu unterhalten. Vielleicht kann Bruno mich ja lehren, wie ich an einen Ring der Macht komme. Der kann einen ja bekanntlich unsichtbar machen. Dann kann ich Gypsy ganz leicht mopsen.

Endlich kommen wir auf dem Hof an und ich stoppe die Ponys. Nur knapp vor dem Stall bleiben sie stehen.

»Was donnerst du so schnell hierher? Wie eine Wilde!«, motzt Papa. Ich öffne den Mund, um etwas zu erwidern, aber Papa hebt seinen Zeigefinger. »Ich habe es genau gesehen, Fräulein. Und eine dicke Staubwolke, wie sie in Nebraska nicht dichter sein könnte, ziehst du hinter dir her«, schimpft er weiter. Ich drehe mich um. Oha. Man sieht die Auffahrt gar nicht mehr. Ups. »Ist ein Unfall dir nicht genug?«, fragt Papa und nimmt sich eine der Schaufeln an der Wand, um in den Stall zu gehen. Bruno steigt taumelnd von der Kutsche. Er wirkt ein wenig blass. Marei schürzt die Lippen, als sie Paps' Miene sieht, doch dann begrüßt er sie doch freundlich.

»Versorgt die Ponys gut und bringt sie auf die Weide. Seid so gut«, fordert Paps jetzt versöhnlicher. Ich nicke knapp. Dann wendet er sich Bruno zu. »Junge, bist du schon wieder gewachsen?«, fragt er und ich glaube, Bruno macht sich extra noch ein wenig größer.

»Ja, Sir«, erwidert er und lässt sich von Paps auf die Schulter klopfen, während ich beginne, die Ponys abzuschirren.

»Ich nehme deinen Koffer mit rauf. Wenn du magst, hilf den Mädchen doch mit den Tieren?«, schlägt Papa vor.

Oh, nö. Ich halte die Luft an und werfe Marei einen Blick zu. »Nicht nötig«, sagt sie schnell, doch Bruno steht schon bereit, um uns das erste Kutschgeschirr abzunehmen. Na gut, lasse ich ihn eben die Sachen in die Sattelkammer schleppen.

»Weißt du, ich habe mich das letzte Jahr viel mit Pferden beschäftigt und habe gedacht …«

Ich unterbreche ihn erstaunt. »Du hast reiten gelernt?«, frage ich und unterdrücke ein Grinsen.

Er schüttelt den Kopf und legt die schweren Sachen ab. »Ich habe in einem Buch über die Kunst des Reitens …«

Ach herrje. Ich höre schon gar nicht mehr zu und lasse ihn stehen. Marei hält mir den Strick von Thelma entgegen und trottet mit Louise, der Ruhigeren von beiden, in Richtung Weiden. Gerade als ich Marei wieder auf unseren Plan ansprechen will, bemerke ich, dass Bruno uns folgt. Marei platzt fast vor Anspannung.

»Hey, Hugo«, sagt sie angespannt und der kriegt große Augen. »Bruno, ich heiße Bruno«, verbessert er sie.

Marei hebt eine Augenbraue. »Oh, auch nicht viel besser, oder? Und wie kommst du damit klar?«, sagt sie etwas mitleidig und sucht nach Worten. »Also, du brauchst nicht mitzukommen. Wir schaffen das schon ganz gut alleine. Wir sehen uns sicher später.« Gute Abfuhr. So fällt das vor meinen Eltern nicht so schnell auf mich zurück.

»Ich kann euch das Gatter aufhalten, dann geht's noch leichter«, schlägt er vor und lächelt wieder. Wie ein treudoofer Hund, denke ich. Irgendwie süß. Wäre er nur nicht so lästig.

»Nein, das kann ich ganz und gar nicht verstehen«, schleudere ich Mama am späten Mittag entgegen. Bruno schaut in die Küche und macht auf dem Absatz wieder kehrt. Besser so! »Schätzchen, das mit dem Pferd tut mir leid. Aber ich kann da nichts machen. Und ich habe auch andere Sorgen. Hier ist eine Buchung schiefgelaufen und das muss ich erst mal geradebiegen.«

Ich halte die Luft an und versuche, so lange es geht, nicht zu blinzeln, damit mir die Tränen kommen. »Ich will hier nicht bleiben, ich möchte mit Marei und ihren Eltern die nächsten sieben Tage nach Sylt«, presse ich weinerlich hervor.

Mama schaut von ihrem Laptop auf. »Schätzchen«, sagt sie gedehnt und runzelt die Stirn. Tränen laufen mir über die Wangen. Und die kommen jetzt von ganz alleine, weil ich an Gypsy denken muss. Und an das, was passieren wird, wenn Marei und ich sie nicht retten können.

»Muss das denn …?« Ich unterbreche meine Mutter. »Ich bin schneller wieder da, als du: *›Räum dein Zimmer auf und kümmere dich um die Pferde‹* sagen kannst. Nur ein Kurzurlaub, bitte!«

Das Telefon klingelt und Mama sieht mich ernst an. »Das ist wegen der Buchung«, flüstert sie angespannt.

»Also, darf ich? Ich muss heute Abend noch los zu Marei.«

Das Telefon klingelt scheinbar schriller. Mama presst ihre Lippen fest zusammen. »Na gut. Pack deine Sachen und nimm dein Handy mit. Du meldest dich und wir bleiben in Kontakt.«

Ich verkneife mir mein triumphierendes Grinsen, doch dann ruft Mama mir hinterher: »Ich rufe Mareis Eltern gleich an. Ich brauche ja noch die Adresse, wo ihr euch aufhaltet.« Aaaah! Scheiße, nein! Mein Lächeln verrutscht und Mama geht ans Telefon. Ich raufe meine braunen Locken. Wo ist der Plan, wenn man einen braucht? Was soll ich nur machen, wenn sie wirklich bei Mareis Eltern anruft. Dann fliegt alles auf! Panisch laufe ich im Flur fast in Bruno hinein. Er mustert mich komisch. »Was guckst du so?«, will ich wissen.

»Nur so. Und du? Was hast du vor?«, fragt er neugierig.

»Ich vereise.«

»Schade«, sagt er bedauernd und tritt unsicher von einem auf das andere Bein.

»Ich habe jetzt leider keine Zeit«, sage ich etwas bemühter.

»Okay. Wann kommst du denn wieder?«

»Bald«, antworte ich knapp und donnere die Tür hinter mir zu.

In wilder Eile schmeiße ich meine Sachen in den Rucksack und krakle die Adresse des Urlaubsortes von Mareis Eltern, die sie mir gesimst hat, auf ein Papier. Und die Handynummer von ihrer Mutter, mit einem kleinen Zahlendreher. Fehler passieren halt. Dann setze ich mir meinen blauen Lieblingshut auf und wappne mich.

Wenig später stehe ich wieder in der Küche. Mama hat einen hochroten Kopf, weil es anscheinend richtig Ärger mit einem Kunden gibt.

»Mama, ich werde gleich abgeholt. Hier ist die Adresse und die Handynummer, auf der du Mareis Eltern erreichen kannst.« Mama macht einen Schmollmund und sie tut mir einen Moment lang total leid.

»Na, gut. Schätzchen, pass auf dich auf.« Sie kommt zu mir, gibt mir einen Kuss auf die Stirn und wendet sich dann wieder ihrem Laptop zu. Sie murmelt etwas vor sich hin, das sich anhört wie: »Das wäre doch gelacht.« Und macht sich an die Lösung ihres Problems.

3

WER DUMME IDEEN HAT, BRAUCHT NUR EIN BISSCHEN GLÜCK

Der Hof ist wie ausgestorben. Nur im Kuhstall brennt noch Licht und ich beeile mich, an ihm vorbeizuhuschen. Der Himmel färbt sich violett und die Sonne wird bald ganz untergegangen sein. Das wird mir und Marei den Startschuss geben, das Projekt »Gypsy-Rettung« einzuleiten. Zuerst muss ich nur noch ein paar Kleinigkeiten erledigen. Ich brauche einen Sack Kraftfutter, einen Bund Heu und zwei Kanister Wasser, um das Pferd unterwegs versorgen zu können, falls es einmal keine Wiese oder Brunnen geben sollte.

»Nichts leichter als das«, flüstere ich mir selbst aufmunternd zu und hechte im nächsten Moment hinter den Misthaufen, weil ich ein Geräusch höre. Ist da jemand? Papa vielleicht? Ich bleibe eine gefühlte Ewigkeit mit angehaltenem Atem in Deckung. Endlich erlischt auch im Stall das Licht und ich schleiche in den Pferdestall, in dem mein überaus unvorsichtiges Pony Embla mich mit einem lauten Wiehern begrüßt. Verdammt!

»Hältst du mal die Luft an, Embla«, fluche ich leise und greife mir einen Jutesack, den ich großzügig mit Futterpellets fülle. Embla denkt, es ist für sie, und beginnt mit den Hufen gegen die Boxentür zu schlagen. »Ist ja gut, schon gut«, zische ich und gebe ihr eine Handvoll in die Futterraufe. Zufrieden fängt sie an zu kauen, schaut nur noch einmal mit sanftem Blick zu mir auf, bevor sie sich voll und ganz auf ihr zweites Abendessen konzentriert. Im nächsten Moment erkenne ich mit Grauen, dass die anderen Ponys ebenso sehnsüchtig zu mir herübergucken. Mist! Thelma fängt bereits an zu quietschen. Das tut sie immer, bevor sie sich entschließt, aus Protest gegen die Stallwand zu bocken. Bloß das nicht!

»Okay, okay«, sage ich leise, eile zu ihr und greife in den Sack mit Futter. »Spielen wir heute Nikolaus und verteilen an alle braven Ponys, okay? Und dann ist Ruhe.« Louise schnaubt glücklich, als sie ihre Ration bekommt.

Als ich endlich für ruhiges Kauen gesorgt und das Futter auf meinen alten Kinderkarren geladen habe, spioniere ich um die Ecke des Gebäudes und lausche. Niemand da. Also kann ich mich auf den Weg zum vereinbarten Treffpunkt an unserer alten Scheune bei den Westweiden machen.

Mit festen Schritten gehe ich voran und zerre den beladenen Bollerwagen hinter mir her. Verdammte Axt, ist der schwer. Ich seufze.

Als ich den Sandweg hinauf zu den Wiesen erreiche, schlucke ich einen Fluch hinunter. Die Räder graben sich tief in den Boden und auf meiner Stirn sammelt sich schon der Schweiß. Gut, dass ich mein Fahrrad mit Schlafsack schon am späten Nachmittag dorthin geschmuggelt habe. Für einen Moment bleibe ich keuchend stehen und warte darauf, dass mein Herzschlag sich wieder beruhigt. Von hier aus kann man direkt auf unser altes Familienhaus sehen. Verträumt liegt es da mit seinem Reetdach und den Fensterläden. In meinem Zimmer brennt Licht. Ich kneife die Augen zusammen. Wieso brennt in meinem Zimmer Licht? Ich bin sicher, ich habe es ausgemacht.

Nichts wie weg hier! Es ist immer noch nicht ganz dunkel und wer weiß schon, wer auf die Idee kommt, hinauszuschauen. Ich stemme mich so stark mit den Hacken gegen den Boden, dass ich fast ausrutsche, schaffe es aber im Laufschritt die nächsten fünfzig Meter zu überwinden und mich und den Karren außer Sichtweite zu bringen. Ein letzter Blick über die Schulter verrät mir, dass das Licht in meinem Zimmer gelöscht wurde.

Ich atme auf und schlage innerlich drei Kreuze, als ich die Scheune sehe. In ihr ist es dunkel. Ob Marei es doch nicht geschafft hat? Der Gedanke versetzt meinem Magen einen Stich. Oh, bitte lieber Gott im Himmel. Es muss alles reibungslos klappen! Bitte!

Ächzend parke ich den Bollerwagen neben meinem Fahrrad. Von Mareis Rad ist keine Spur zu sehen. Dann husche ich auf die andere Seite der Scheune und will gerade durch das klapprige Tor hineinschlüpfen, da höre ich ein Rascheln im Maisfeld neben mir. Meine Beine werden weich und ich starre wie gebannt in die graue Dunkelheit. Eine Bewegung. Die Halme wanken vor mir und etwas schießt auf mich zu. Ich taumle zurück, krache an die Bretterwand und erkenne ein Wildkaninchen, das einen Haken schlägt und auf die Weide rennt.

»Scheiße«, stoße ich aus und halte mich am Tor fest. »Jetzt reiß dich mal zusammen, du hysterische Kuh!«, schimpfe ich mit mir selbst und wühle meine Taschenlampe heraus.

»Marei«, rufe ich im Flüsterton und schiebe das Tor auf. »Bist du hier?«

Nichts. Ich gehe weiter und folge einem Geräusch, das mich stark an meine beste Freundin erinnert. Zumindest an die unzähligen Male, an denen wir beieinander übernachtet haben. Ich muss erleichtert auflachen und folge dem sägenden Schnarchen zu den großen Strohrundballen. Ich kann es nicht glauben. Meine Freundin schläft selig eingedreht in ihrem Schlafsack und es stört sie nicht mal, dass ich ihr mit meiner Taschenlampe direkt ins Gesicht leuchte.

»Marei.« Ich rüttle sie an den Schultern. Schlagartig ist sie wach und jagt hoch. Bevor sie einen Laut von sich geben kann, halte ich ihr meine Hand auf den Mund.

»Schhhh! Oder willst du, dass uns jemand hört?«

Sie legt ihre Stirn in Falten und reißt meine Finger weg. »Hier? Wer soll uns denn hier hören? Du spinnst doch«, murrt sie und versucht ihren Blick scharf zu stellen. Müde reckt sie sich.

»Wie kannst du denn jetzt in aller Seelenruhe pennen?«, frage ich fassungslos und sie klatscht mir die Lampe weg, mit der ich sie immer noch anstrahle.

»Kannst du mal aufhören, mir direkt ins Gesicht zu leuchten?«

»Na, das nenn ich mal übellaunig«, kritisiere ich sie.

»Ich muss gerade mal wach werden, ja?«

Na, das kenne ich ja schon. Wenn man Marei weckt, egal ob am Morgen oder sonst wann, kann sie spontan alles blöd finden und dieser Zustand hält für gewöhnlich die nächsten zehn Minuten an. »Wir haben keine Zeit für so was. Hast du alles besorgt?«, frage ich harsch. Sie nickt zu einer großen Reisetasche.

»Schau rein«, kommandiert sie.

Ich schlucke einmal trocken, als ich sehe, was sie da angeschleppt hat. »Wow. Das nenne ich mal Vielfalt.«

»Wieso?«, fragt sie überrascht.

Ich runzle die Stirn. »Nur Ravioli?« Ich zähle ganze fünf Dosen.

»Das sind einmal Ravioli Diavoli, mit und ohne Fleisch, pikant und nur Tomate und …«

Ich unterbreche Marei und verdrehe innerlich die Augen. Hoffentlich hat sie auch noch Brot eingepackt, sonst werde ich womöglich an einer Überdosis Dosenfutter sterben. »Schon gut, komm! Wir müssen zum Hügel. Von dort aus sehen wir, wenn beim alten Fassbinder das Licht ausgeht.« Da fällt mir ein: »Wo ist dein Fahrrad?«

»Hatte 'nen Platten.«

»Und wo ist es jetzt?« Marei wird ja wohl nicht …

»Hab es einfach an der alten Brennerei liegen lassen.«

Ich schlage mir die flache Hand vor den Kopf. »Und wenn es jemand findet? Und sich dann fragt, wie es dort hingekommen ist? Mann Marei, wenn das mal ’ne echt miese Idee war.«

Sie sieht für einen Augenblick selbst beunruhigt aus, bevor sie abwinkt. »Ach was. Komm, wir gehen jetzt los und schauen, was beim Schrottplatz so abgeht.«

Gesagt, getan. Marei drückt sich flach auf die Erde und späht mit einem Fernglas hinüber zum Schrottplatz.

Gypsy steht dösend an ihrer langen Leine angebunden auf dem abgegrasten Stück Wiese vor dem Wagen. »Es sieht alles so aus, wie wir es verlassen haben«, stellt Marei gelassen fest.

»Das ist gut. Und kannst du was beim Haus erkennen?«, frage ich aufgeregt. »Den Köter zum Beispiel?«

»Hmm, lass mich schauen. Ich kann den Zwinger sehen, er ist zu, aber ich weiß nicht, ob der Hund auch drinnen ist.«

»Gib mir mal«, fordere ich und suche anschließend Fassbinders Hof ab. Nichts. Kein Hund, kein zorniger alter Mann. Nur im Wohnzimmer flimmert noch das bläuliche Licht des Fernsehers. Ich stelle schärfer. Was guckt der denn da? Beinahe erschrecke ich, als der Fernseher urplötzlich schwarz wird. Das Zimmer im Haus vom Fassbinder ist dunkel.

»Er geht schlafen«, folgere ich.

»Ach, nee«, antwortet Marei und will tatsächlich schon aufstehen. Ich greife nach ihrem Arm.

»Hey, warte noch ein wenig. Nicht, dass der noch einen Spaziergang macht, du Dussel. Dann sind wir geliefert.«

»Du hast recht.« Sie setzt sich wieder und die nächste Viertelstunde vergeht schweigend.

So leise wie möglich schiebe ich mein Rad bepackt mit Mareis Raviolitasche und meinem Rucksack zum Schrottplatz. Es ist jetzt stockdunkel und nur manchmal bricht die Wolkendecke auf und lässt das Silberlicht des Mondes den Platz erhellen.

»Was hast du bloß alles auf diesen Bollerwagen geladen?«, fragt Marei schwer atmend. Sie muss ganz schön aufpassen, dass der Wagen sie auf dem Weg die Böschung hinunter nicht platt walzt.

»Was das Pferd so braucht, falls wir keine Wiesen und Wasserstellen finden«, erkläre ich etwas genervt.

»Na, da hast du es aber gut gemeint, nicht wahr?« Marei stolpert fast. Das Wasser in den Kanistern schwappt laut hin und her und ich freue mich riesig, als wir endlich das eiserne Tor erreichen, das Gypsy in die Freiheit bringen wird. Ich greife nach dem Riegel und will ihn öffnen, doch meine Bewegung friert ein und ich könnte augenblicklich heulen.

»Wir sind so blöd!«, zische ich sauer und möchte das Rad in den Graben neben dem Weg schmeißen. »Es ist mit einem Vorhängeschloss gesichert.« Natürlich ist es das! Und dabei hatte ich doch wirklich geglaubt, alles bedacht zu haben. Blöd, blöd, blöd.

Marei schiebt mich zur Seite und ich hadere noch mit mir, ob ich etwas zerdeppern oder mich einfach zum Weinen auf dem schmutzigen Boden zusammenrollen will, wie eine kleine Katze.

»Das darf uns nicht aufhalten«, erklärt Marei neben mir trocken und fingert an dem Draht herum. »Hm, kein Schlüssel. Ohne geht das nicht auf.«

»Ach, du Blitzmerker!«, motze ich ungehalten. »Natürlich geht das nicht ohne Schlüssel auf.«

Gypsy wiehert leise zur Begrüßung. Ich kann nur ihre und die Umrisse des Wagens sehen, als sich wieder eine Wolke vor den Mond schiebt. Niedergeschlagen lasse ich mich auf meinen Hintern fallen und vergrabe meinen Kopf in den Händen.

»Jetzt reiß dich mal zusammen, Klara«, sagt Marei und geht zu ihrem Rucksack hinüber. Ich kämpfe gegen die Verzweiflung. Dann höre ich ein knarrendes Geräusch, als das Tor plötzlich aufschwingt. Das gibt's nicht! Wie vom Affen gebissen, springe ich auf die Beine und kneife die Augen zusammen, um besser sehen zu können. Marei schwenkt eine Drahtschere vor meiner Nase herum. »Wie kann man so doof sein und mit einem so fetten Schloss nur eine dünne Drahtkette schließen? Das kriegt doch jeder kaputt.« Sie schnalzt mit der Zunge und eilt zum Bollerwagen. Schnell komme ich ihr nach, etwas sprachlos, zugegeben, aber jetzt wieder voller Tatendrang.

In Windeseile laden wir den bunten Wanderwagen voll. Er hat allerhand Stauraum und ist wirklich wie ein kleiner Wohnwagen zurechtgemacht. Gypsy schaut uns gelassen zu, wie wir aufsteigen, absteigen, ein Fahrrad durch die hintere Tür hineinstopfen und so weiter. Die Stute kaut zufrieden an dem Bund Heu, das wir ihr vor die Nase gelegt haben, damit sie leise ist, und freut sich über Gesellschaft.

Und dann ist es endlich geschafft. Es passt alles hinein, sogar die großen Wasserkanister. Auch wenn diese den halben Durchgang zu den Betten im Wagen blockieren.

»Nimm das mal«, sage ich zu Marei und übergebe ihr einen Teil des Kutschgeschirrs. »Es ist ein wenig verdreht.« Anschließend nehme ich die Taschenlampe in den Mund und pule an dem Verschluss. »Das sollte gehen.«

Nahe des Waldes schreit ein Kauz und ich horche, ob sonst noch alles ruhig ist.

»Ich helfe dir«, erklärt Marei, schlüpft durch die Öffnung zum Kutschbock und klettert hinunter. Dabei zieht sie mich mit dem Geschirr hinter sich her. Ich muss ganz schön aufpassen, dass ich im Dunkeln nicht die Stufe verfehle. Mutig geht Marei zu Gypsy und nimmt die Stute am Halfter. »Komm, Gypsy«, fordert sie das Pferd auf, doch das denkt gar nicht daran, ihren Snack zu unterbrechen, und rupft weiter am Heu. »Los, hopp, hopp!«, sagt Marei ermunternd und zieht kräftiger an dem Pferdekopf. Ich leuchte zu ihr herüber und muss fast lachen, als ich sehe, wie Gypsys Kopf sich etwa zehn Zentimeter vom Heu entfernt und die Stute mit ihren Lippen versucht, noch weitere Heuhalme zu fassen zu bekommen.

»Die ist ganz schön stur«, erklärt Marei und verschränkt die Arme beleidigt vor der Brust.

»Die hat nur einen Ponydickschädel. ›Wenn es ums Essen geht, kennen die keine Verwandten‹, sagt Papa immer.«

Ich lege Gypsy das entwirrte rote Leder über den Rücken und mache mich daran, das Brustblatt zu befestigen. Dann nehme ich Gypsy das Halfter ab und fluche, als die Stute das zum Anlass nimmt, erst mal in Richtung Wiesenhalme zu verschwinden. Mist! Fast hätte sie dabei meinen Fuß erwischt.

»Brrr!« Ich greife ihr in die dicke Mähne. Der Lichtkegel der Taschenlampe fliegt wie wild umher. Die Stute hat nur einen müden Blick für mich übrig und fängt an zu grasen. Sie muss sich ja auch fragen, wie ich auf die Idee komme, dass sie nicht das saftige Grün fressen sollte, an das sie tagelang dank der Anbindung nicht herankam.

»Schon gut, Süße. Friss nur«, sage ich verständnisvoll und stelle mich mit der Trense neben sie. Auf ein paar Minuten wird es jetzt auch nicht mehr ankommen. Als sie das Maul voll hat, gibt es den einen kleinen Moment, in dem ich sie überreden kann, den Kopf hochzunehmen. Schnell schiebe ich ihr die Trense in das Maul und zäume sie auf.

»Bingo, du hast es geschafft!«, jubelt Marei neben mir und ich reiche ihr die Lampe, damit sie für mich leuchtet, während ich die Verschlüsse zumache. Fertig! Jetzt muss ich sie nur noch vor dem Wagen einparken. Vorausgesetzt, ich bekomme das überaus hungrige Pferd vom Grün weg. Ich ziehe an Gypsy und stoße auf Widerstand.

»Hüh, Gypsy«, verlange ich etwas energischer und Marei beginnt zu schieben. Und tatsächlich bewegt sie sich. Ich triumphiere innerlich und werde im nächsten Moment fast zu Boden gerissen, als Gypsy einem weiteren Büschel nicht widerstehen kann. »Aua«, zische ich jetzt etwas säuerlich. Na, das kann ja heiter werden.

Nach einigen gefühlten hundert Anläufen macht die Stute endlich, was ich will, und ich kann den Wagen an dem Geschirr befestigen. Damit Gypsy ruhig bleibt, füttert Marei sie derweilen mit Bananen. *Unseren* Bananen, wohl bemerkt. Mann, die frisst aber auch alles.

»Brave Gypsy, du bist eine ganz Tolle«, plaudert Marei mit ihr und ich frage mich, ob die wirklich so brav ist, wie wir beide hoffen. Denn wenn nicht, kann so eine lustige Kutschfahrt ganz böse ausgehen. Vor meinem geistigen Auge blitzen Bilder eines Zeitungsartikels auf, bei dem eine Fahrt für Pferd und Passagier tödlich endete. Ich bekomme für einen Moment weiche Knie und schaue skeptisch zu der hübschen Stute, deren rotes Geschirr im Schein der Taschenlampe so schön leuchtet. Zögerlich gehe ich zu Marei und dem Pferd, um alles zu überprüfen, und als würde das Pony meine plötzliche Sorge spüren, legt sie mir ihren Kopf auf die Schulter und pustet mir ihren warmen Atem ins Gesicht. Sie hat Vertrauen zu mir. Also sollte ich das auch haben, sage ich mir fest.

»Nun geht es los, meine Gute«, flüstere ich ihr ins Ohr.

Sie schnaubt leise.

Nachdem Marei das Tor weit geöffnet hat und zu mir auf den Kutschbock geklettert ist, schnalze ich mit der Zunge und lasse Gypsy anfahren. Gleichmäßig zieht sie und ich atme auf, als der Wagen sauber über die Wiese fährt. Es ist zum Glück nicht mehr ganz so dunkel und der Mond erhellt die Autowracks und rostigen Maschinen, die unseren Weg säumen. Gypsy hat es plötzlich sogar richtig eilig und fällt in einen schnellen Trab.

»Nicht so flott«, sagt Marei und klammert sich an dem Sitz fest, als der Wagen durch ein Schlagloch wackelt.

»Brrr, Gypsy. Hoola«, versuche ich sie zu drosseln und sie gehorcht. Allerdings nicht lange. So wie es aussieht, will sie wirklich weg von hier.

Dann geht plötzlich alles ganz schnell. Ein Licht blitzt vor uns auf und jemand versperrt uns den Weg. Kalter Schock. Ich bin fast blind, weiß nicht wohin. Gypsy bockt und rennt einfach weiter. Ich höre, wie das Fahrrad hinten durch den

Raum kracht. Marei schreit neben mir auf. Ihr Kreischen lässt mich innerlich erstarren und Gypsy macht einen energischen Satz zur Seite. Der alte Fassbinder!? Scheiße! Das darf doch nicht wahr sein. So kurz vor dem Ziel?

»Was macht ihr da?«, kommt die viel zu laut gestellte Frage und ich atme innerlich für eine Sekunde auf, bevor ich wieder Angst bekomme. Ich kann nichts sehen, weil das verdammte Licht mich blendet.

»Mach das aus!«, rufe ich schrill. Aus Reflex reiße ich an den Zügeln und Gypsy stolpert nach rechts, sie galoppiert fast auf der Stelle und stößt einen grellen Schrei aus, weil sie nicht weiß, wo sie hinsoll. Wenn sie in Panik gerät, wird sie durchgehen, jagt es mir durch den Kopf.

Der Lichtkegel von vorne weicht ein wenig zur Seite. Der Wagen schnellt vor und ein Krachen zerreißt die nächtliche Stille. Die Kutsche schlingert gefährlich. »Der Graben!«, jammert Marei und mich erfasst Panik. Ich reiße Gypsy zur anderen Seite und sie kommt genau vor der Gestalt mit der Lampe zum Stehen. Puh! Das war knapp.

»Mann, Bruno, bist du bescheuert?«, schreie ich fast und zügle mühsam meinen Zorn. Am liebsten möchte ich vom Kutschbock steigen und ihm so was von eine kleben! Aber dafür sind meine Beine zu taub. Mein Herz wummert wie wild in meiner Brust und Marei strahlt Bruno jetzt direkt mit ihrer Lampe an. Gypsy schlägt ungeduldig mit dem Kopf und will den Wagen weiterbewegen.

»Lass uns gefälligst durch, du Honk«, fordere ich, doch Bruno denkt nicht mal daran, zur Seite zu gehen. Jetzt erst bemerke ich den Rucksack, den er auf dem Rücken trägt. Was zum Teufel hat der denn vor?

»Bescheuert? Wer ist hier wohl bescheuert?«, fragt er und grinst blöd dabei. »Ich denke, ihr habt ziemlich dumme Ideen.«

»Du bist gleich tot, wenn du nicht sofort deinen Hintern zur Seite bewegst, klar so weit?«, knurre ich.

Sein Lächeln verschwindet. »Das sehe ich anders. Wenn ich euch durchlasse, wird das folgendermaßen ablaufen: Ich gehe zurück zum Hof und erkläre deinen Eltern, was hier gerade geschieht. Und dann braucht ihr nicht mir erzählen, was genau ihr vorhabt, sondern denen.« Er macht eine scheinheilig-hilflose Geste. »Ach, und der Polizei natürlich.«

Mir verschlägt es die Sprache und Marei läuft bereits rot an. »Es geht hier um Leben und Tod! Das ist lediglich eine lebensrettende Maßnahme«, haucht sie fassungslos.

»Gut«, erklärt Bruno geschäftsmäßig. »Dann nehmt ihr mich einfach mit und berichtet mir unterwegs, was hier los ist.«

Er schiebt seine Brille mit dem Mittelfinger höher auf die Nase und ich fühle mich provoziert.

»Kommt gar nicht infrage«, platzt es aus mir heraus, doch er ist schon neben uns und im Begriff, zu uns hochzukommen. Marei versperrt ihm mit dem Fuß den Aufstieg.

»Du verpisst dich jetzt und hältst gefälligst dicht, sonst …« Ich suche nach einer passenden Drohung.

»Sonst was?«, fragt er ernst. Enttäuschung schwingt in seiner Stimme mit. »Ich werde euch nicht im Weg sein. Ich werde euch helfen. Lasst mich einfach mitfahren.« Sein Blick hat etwas Flehendes, doch ich möchte ihn einfach nur erwürgen.

»Nein, und es bleibt dabei. Und wenn du uns verpfeifst, wird es dir leidtun.« Marei und ich nicken uns zu.

Bruno sieht von einem auf den anderen Moment ziemlich zerstört aus.

»Mann, guck mich nicht an wie ein Hundebaby, das zieht bei mir nicht, klar?«, schimpfe ich und er tut mir auf einmal leid, wie er da so verloren steht.

Gypsy zieht den Wagen langsam an und Marei seufzt und nimmt ihren Fuß weg. Was war denn das jetzt? Bruno ergreift die Chance, etwas tollpatschig allerdings, und setzt sich neben uns. Für einen Augenblick will ich Gypsy erneut zügeln und diesen Eindringling persönlich von der Kutsche befördern, doch dann höre ich von weit entfernt Hundegebell vom Haus des alten Fassbinders.

»Los, Gypsy, los. Hüa!« Eilig treibe ich die Stute an und sie stemmt sich in das Geschirr. Kies spritzt. Schnell erreichen wir den Weg und Gypsy verfällt in einen leichten gleichmäßigen Trab. Herrlich fährt mir der Wind durch die verschwitzten Haare und kühlt mein überhitztes Gesicht.

»Na, toll. Und was machen wir jetzt mit dem?«, fragt Marei, als Bruno nach hinten klettert, um seinen Rucksack abzustellen. Ich schaue mit verengten Augen in den Wagen, wo Bruno alles genau inspiziert. Er stellt das Fahrrad wieder gerade.

»Wir setzen ihn irgendwo aus«, flüstere ich gehässig.

»Nicht nötig. Sobald der merkt, dass wir hier in ein echtes Abenteuer steuern, macht er sich eh in die Hose und will zurück zu Mama. Dann setzen wir ihn einfach an der nächstbesten Bushaltestelle ab.« Marei lacht über ihren Scherz. Mir ist nicht ganz zum Lachen zumute. Trotzdem löst sich ein albernes Kichern aus meiner Kehle und entspannt mich ein wenig. Irgendwie müssen Marei und ich an Brunos städtischen Selbsterhaltungstrieb appellieren, falls er so was hat. Denn eins steht fest: mitgefangen, mitgehangen! Sollte er mit uns bei diesem klitzekleinen Verbrechen erwischt werden, ist er genauso dran wie wir.

Wäre doch gelacht, wenn wir den nicht ganz schnell wieder los sind.

4

UNTERWEGS INS GLÜCK

Gypsys gleichmäßiger Hufschlag lullt mich immer mehr ein und ich muss mich beinahe zwingen, die Augen aufzulassen. Ich glaube, Marei, die Schlafmütze, sabbert mir auf die Schulter und ich unterdrücke den Impuls, sie wegzuschubsen. Bruno liest mit der Taschenlampe hinten im Wagen in einem seiner Bücher und nervt mich mit seiner bloßen Anwesenheit. Ich gähne laut und herzhaft, was Bruno dazu veranlasst, mich anzusprechen: »Wenn du mir zeigst, was ich machen soll, kann ich das Pferd lenken und du ruhst dich aus«, schlägt er vor. Er legt den alten Schinken zur Seite. Ich schnaufe missmutig auf.

»Das ist nicht so einfach, wie es aussieht«, sage ich stur und stoße jetzt wirklich meine schlummernde Freundin zur Seite. »Dazu gehört Erfahrung und Pferdeverstand«, erkläre ich neunmalklug und sehe ihn herausfordernd an. Der Stadtjunge hat nichts von beidem. Gypsy schnaubt zustimmend und schüttelt sich die lange Mähne aus. Plötzlich zwängt Bruno sich zwischen mich und Marei auf den Kutschbock. Ich kann gar nicht schnell genug protestieren, da sitzt er schon.

»Ey, hör mal«, sage ich lahm. Marei steht einfach auf, klettert nach hinten in den Wagen und lässt sich wie ein gefällter Baum aufs Bett plumpsen. Na toll!

»Gib mal her«, fordert Bruno und reißt an den Zügeln, was Gypsy dazu veranlasst, in einen schnellen Galopp zu verfallen.

»Brrr!«, rufe ich etwas beunruhigt, lasse mir die Zügel aber abluchsen. Die Kutsche holpert und wir werden durchgeschüttelt. Bruno lässt zu locker und achtet nicht darauf, dass sie Gypsy *nicht* am Hinterteil berühren. Denn das mag sie gar nicht. Diese Besonderheit hatte ich gerade erst vor etwa einer Stunde herausgefunden, als ich nicht aufpasste und das Pony etwas säuerlich ausschlug.

»Pass auf!«, rufe ich alarmiert. Der Wagen holpert durch ein Schlagloch. Marei fliegt im hohen Bogen von der Matratze und jault auf. Ein Kanister kippt um und Töpfe klappern laut in der Küche und drohen meine Freundin zu erschlagen. »Du musst das Pferd bremsen, du Idiot!«, brülle ich und greife nach seinen weißen Händen, die die Zügel umklammern, als suche er Halt an ihnen. Ich sehe genau, dass er total Schiss hat in diesem Augenblick, und versuche ihm zu helfen, indem ich seine Hände führe, damit Gypsy langsamer wird.

»Du musst sie genauso halten, okay?«, erkläre ich sanfter und schaue in sein verdutztes Gesicht, weil ich ihn anfasse.

»Mach ich doch«, antwortet er und seine Stimme überschlägt sich fast. Mann, der hat offensichtlich Nerven wie Bindfäden. Er sieht konzentriert zu dem Pferd und erlangt die Kontrolle tatsächlich zurück. Die Fahrt wird ruhiger. Zum Glück. Marei klettert zu uns und schaut uns verblüfft an. »Mich wolltest du nicht fahren lassen. Das ist ja so unfair«, mault sie und ich ziehe zischend die Luft ein.

»Man sieht ja, was man davon hat, wenn man anderen das Lenken überlässt«, fauche ich. Sie zuckt die Achseln und lächelt Bruno an. Auf eine seltsame Weise, wie ich finde. Aber ich denke nicht weiter darüber nach.

Endlich kommen wir aus dem Waldstück heraus und es wird heller. »Du gibst dem Pferd Halt, indem du den Kontakt zum Maul möglichst wenig unterbrichst. Wenn du treibst, reicht es bei Gypsy, wenn du mit der Zunge schnalzt und lockerer lässt. Ansonsten mit ihr in Verbindung bleiben und zügeln, wenn nötig. Also ziehen, wenn die Stute langsamer werden soll«, erkläre ich Bruno und er bremst Gypsy weiter aus, bis sie widerwillig im Schritt geht. Wie mir scheint, ist Gypsy ein ziemliches Rennpony, dem schnell langweilig wird.

»Mann, dass die gar nicht von alleine müde wird, von dem ganzen Laufen. Die zieht die Kutsche doch schon seit …« Er verstummt und schaut angestrengt auf seine klobige Uhr mit den Tausenden Anzeigen an seinem Handgelenk. »… bestimmt schon fast zwei Stunden, oder?« Bruno zieht die Stirn kraus. »In dem Tempo haben wir Holland jedenfalls schnell erreicht.«

»Ja, sicher.« Aber ohne dich, füge ich in Gedanken hinzu und mustere ihn ausgiebig. Seinen schlanken Oberkörper in seinem Superman-T-Shirt und die schlaksigen Arme.

»Ich finde es toll, was ihr vorhabt. Und mutig. Und groß-, wirklich großartig«, sagt Bruno anerkennend.

»Oh, danke«, haucht Marei geschmeichelt und ich schaue sie komisch an. Spinnt die jetzt? Ihr Lächeln verrutscht. »Na, aber das ist ja irgendwie auch selbstverständlich, oder?«, fragt sie zurück. »Man muss tun, was man tun muss. Und wenn wir etwas Gutes tun können, dann muss man das auch tun«, erklärt sie grinsend. Mann, Marei. Leg dich wieder hin und schlaf 'ne Runde, möchte ich sagen.

Die Zeit vergeht. Die Wolken reißen auf und schicken das fahle Licht des Mondes zu uns herunter.

»Komisch«, flüstere ich vor mich hin und drehe die Karte von rechts nach links. Und wieder nach vorne. Irgendwas stimmt nicht. Wir hätten eigentlich schon längst an eine Kreuzung kommen müssen, die uns aus dem Naturschutzgebiet bringen sollte.

»Was hast du denn?«, fragt Bruno vorsichtig und lehnt sich zu mir herüber, um einen Blick auf die Karte zu werfen.

»Ich glaube, wir haben eine Abfahrt verpasst oder so.« Ich grüble und fahre noch mal mit dem Finger die Wege auf dem Papier ab.

»Du hältst sie falsch«, erklärt Bruno mit schlauem Unterton.

»Ach, wirklich«, ätze ich und werde rot vor Scham. Schnell ziehe ich mir den Hut tiefer ins Gesicht. Marei prustet los.

»Soll das heißen, wir sind in die falsche Richtung gefahren?«

»So ein Bullshit, natürlich nicht. Ich kenne den Weg schließlich und bis zum Brunnen hat alles gestimmt.«

»Der ist bestimmt Stunden weg und es gab drei Gabelungen«, gibt Bruno zu bedenken. Oh Gott. Er hat recht. Wie kann das sein?

»Ich bin mir sicher, dass wir so ziemlich auf dem richtigen Weg sind. Wir müssen nur herausfinden, wo genau wir uns befinden«, schlage ich gereizt vor und denke an ›Holzwege‹.

»Und wo Süden und Norden ist«, wirft Bruno ein. Es gefällt mir nicht, wie er mich dabei ansieht. So, als ob ich etwas zu wenig Hirnmasse hätte.

»Also, Mister Neunmalklug. Wie stellt man das denn ohne Kompass fest?«

Er grinst. »Ihr habt keinen Kompass mit?«

»Nein, sonst würde ich ja nicht fragen, wie man es ohne Kompass herausfindet.«

Er holt tief Luft und seufzt theatralisch. Fehlt nur noch, dass er missbilligend mit der Zunge schnalzt, wie unsere Mathelehrerin Frau Ulrich.

»Also, am Tag kann man dies anhand der Sonne, zum Beispiel. In Wäldern sieht man es an der Bemoosung der Bäume. Dort, wo das Moos die Stämme hinaufwandert, ist die nördliche Seite, weil am wenigsten Sonne und Wärme hinkommt.«

Ich nage auf meiner Unterlippe. Kann er jetzt mal zum Punkt kommen?

»Echt? Ist ja geil. Woher weißt du so was?«, fragt Marei.

»Woher wohl? Aus Büchern natürlich«, vermute ich lahm.

»Das ist nicht korrekt. Ich war viel mit meinem Vater wandern und angeln.«

»Kannst du auch ein Feuer machen? Ich meine so ohne Streichhölzer und so 'nem Zeug?« Marei blickt ihn neugierig an und Bruno wächst neben mir ganze zwei Zentimeter.

»Natürlich. Das haben wir als Erstes geübt. Es handelt sich dabei um ein feines Zwischenspiel aus Geduld, Kraftaufwand, dem richtigen Material und Fingerspitzengefühl«, erklärt er.

»Wir haben Streichhölzer«, werfe ich ein und Bruno verstummt.

»Haben wir doch, oder?«, frage ich Marei.

»Klar.« Die Antwort ist knapp. »Also, nachts. Wie erkennt man Norden. Am Polarstern?«, widmet sich Marei wieder Bruno.

»Richtig.« Etwas an seinem Gesichtsausdruck stört mich. »Ich weiß aber nicht genau, wo er steht.« Er legt den Kopf in den Nacken. »Ich kann es dir zeigen, wenn die Wolken sich verziehen.«

»Na super, Einstein.« Ich drehe die Karte und überlege, wo wir uns befinden könnten, bis er auf einen Punkt unterhalb meines Fingers tippt.

»Ich schätze, wir sind hier und müssen in etwa in diese Richtung.«

Marei guckt mir über die Schulter. »Ich glaube, er hat recht.« Okay, eins zu null für Nervensäge Bruno.

»Danke«, presse ich hervor und nicke in seine Richtung. Er sagt nichts.

Als wir endlich eine Abkürzung nehmen, die uns auf den korrekten Weg führen soll, wird der Wagen so richtig durchgeschüttelt. Die Töpfe, die an einer Schnur in der Küchenzeile hängen, schlagen laut aneinander und Marei hat Mühe, nicht von Schubladen und deren Inhalt erschlagen zu werden. Ganz zu schweigen vom Fahrrad.

»Autsch«, quietscht sie plötzlich, als wir durch ein tiefes Schlagloch holpern. »Oh, was ist das denn Schönes?«, ruft sie als Nächstes.

»Ich habe Bücher gefunden. In einem sind sogar Bilder drinnen«, berichtet sie und kommt dann wieder nach vorne. »Drei Stück. Sie waren in diesen wunderbaren Stoff eingeschlagen.« Sie hält mir das bunte, mit Ornamenten verzierte Tuch unter die Nase und klappt das erste lederne Büchlein auf. Eine alte Kohlezeichnung zeigt ein Pony, genauso wie unsere Gypsy eines ist. Daneben steht in geschwungener Schrift: Gypsy, 1898.

»Das Buch ist ja richtig alt«, stelle ich fest und Bruno nimmt es an sich.

»Also, unsere Gypsy kann es nicht sein, auf dem Bild«, überlegt Marei und klettert wieder zu uns auf den Kutschbock.

»Nein, so alt werden Pferde nicht«, antwortet der überaus kluge Bruno.

»Was du nicht sagst«, brumme ich.

»Aber ›Gypsy‹ ist nicht nur ein Name. Der Begriff geht auf das fahrende Volk zurück, auf die Gypsy Vanner oder Irish Tinker, auch Kesselflicker genannt. Das waren früher Leute, die Töpfe und Pfannen an die Dorfbewohner verkauften oder wieder reparierten«, erzählt er und blättert in den vergilbten Seiten.

»Oh, das ist alles auf Englisch geschrieben«, sagt Marei enttäuscht. »Wie schade.«

Wieso wächst Bruno jetzt noch mal gefühlte zwei Zentimeter auf seinem Platz?

»Also, wenn du erlaubst …«, beginnt er und ich unterbreche ihn locker. »Ich erlaube nicht. Wir spielen jetzt ein Spiel. Es heißt ›Halt die Klappe‹. Du fängst an …«

Brunos Mund geht auf und wieder zu, ohne dass ein Ton seine Lippen verlässt. Marei boxt mir in die Rippen.

»Sei nicht so fies«, fordert sie. Marei hat wohl vergessen, dass wir den Jungen aussetzen wollten.

»Na, gut. War nur ein Spaß, Bruno. Was wolltest du sagen?«, sage ich versöhnlich.

»Ich kann übersetzen, weil ich zweisprachig aufgewachsen bin.« Nicht zu fassen. Was kann der nicht?

»Ich spreche fließend …«

Und wieder kann ich es nicht lassen und falle ihm ins Wort: »… dummes Zeug?«

»Das kannst du eindeutig besser«, knurrt Marei jetzt säuerlich und mein Lachen bleibt mir im Halse stecken. Vorerst zumindest. Bruno schaut sich die drei Bücher genauer an und brummt angestrengt vor sich hin.

»Na gut, dann leg mal los. Was steht in den …«

Diesmal unterbricht Bruno mich. »… Tagebüchern. Es sind die Aufzeichnungen eines Mädchens namens Esme, die zum fahrenden Volk der Irish-Tinker gehört hat, den Pavee.«

Ich lausche seinen Worten und stelle fest, dass Bruno eine angenehme Erzählstimme hat. Marei hört gebannt zu, Gypsy, der Wald, die Felder, der Mond, alle sind still und verfolgen die Geschichte eines Mädchens mit rabenschwarzen Haaren, die ihr bis zum Po reichen und die sie stets zu langen Zöpfen flechtet. Und ihrem Vater, einem raubeinigen Typen, der ständig Pfeife raucht.

September, 1898

Heute hat es ständig geregnet. Die Straßen waren sumpfig und Clip, unser guter, alter Schimmelwallach hatte kaum genug Kraft, den schweren Wagen durch die Schlammlöcher zu ziehen. Vater wurde ungeduldig und schlug ihm auf die Flanke. Ich weinte, weil ich es nicht ertrug, dass er so geschunden wurde. Das Klatschen der Peitsche auf seinem nassen Fell ging mir selbst unter die Haut. Doch ich kannte auch die Not meiner Eltern, die eigene, den Hunger. Wir mussten das nächste Dorf erreichen, um Arbeiten anzubieten. Und das schnell, wenn meine jüngeren Geschwister nicht krank werden sollten. Mara war erst fünf und zerbrechlich wie ein Spatz.

Ich schickte ein Gebet in den Himmel und war selig, als die grauen Wolken aufrissen und die Sonnenstrahlen zu uns hinunterließen. Doch die Sonne konnte nicht über die Feindseligkeit der Bauern hinwegtäuschen, als wir endlich ankamen. Sie trauten uns Fremden, den Reisenden, nicht. Die Kin-

der und Frauen mieden uns. Die Männer machten keinen Hehl daraus, dass sie uns für minderwertig hielten.
Wir verkauften schlecht. Trotzdem gut genug, um Nahrung zu beschaffen und weiterzuziehen. Meine Mutter war glücklich, als wir zum Clan ihres Onkels stießen und von nun an gemeinsam umherfahren konnten. Wir Irish Tinker fahren gerne in Kolonnen und geben uns gegenseitig Halt. Und ich war glücklich, weil wir diesmal eine große Stadt ansteuerten. Es war so lang her, dass ich den Trubel dort miterlebt hatte. Die großen Märkte, die Schausteller und die schönen Feste, die wir am Stadtrand feierten. Doch mein Glück hielt nicht lange an. Wenige Tage später brach Clip sich ein Bein. Und Vater musste ihn erschießen.

»Oh, Gott. Das ist ja deprimierend!«, stoße ich aus und mein Magen zieht sich bei der Vorstellung zusammen, dass Gypsy oder meinen anderen Pferden so etwas geschehen könnte.

Bruno rückt seine Brille zurecht und liest weiter:

Es war unsere Rettung, als Onkel Alfonso uns ein Pferd besorgte. Ich hatte noch nie in meinem Leben ein so schönes Tinkerpferd gesehen. Der Hengst hatte eine lockige Mähne, die bis zum Boden reichte, wenn er fraß. An seinen Fesseln hatte er so unglaublich viel Fell, dass es aussah, als trüge er herrschaftliche Stiefel und seine Hufe waren so groß wie Teller. Er hatte eine großflächige Scheckung, die überwiegend schwarz war. Und seine blauen Augen strahlten in dieser dunklen Schönheit und schienen einen selbst zu durchleuchten, wenn sie einen anblickten. Er sah aus wie ein Himmelstier. Kraftvoll und atemberaubend. Und als ich ihn das erste Mal berühren wollte, brachte er mich fast um, so zornig war er. Vater sagte: …

»Machen wir mal Pipipause?« Völlig verstört schauen Bruno und ich Marei an. »Ja, sorry, aber ich muss echt mal! Vielleicht können wir ja später noch weiterlesen?«, sagt Marei. Immer noch etwas perplex, weil ich so in die Geschichte versunken war, lenke ich Gypsy an die Seite des Weges. Aber eigentlich eine gute Idee, meine Blase platzt auch bald.

»Hola, Gypsy.« Die Stute gehorcht und parkt am Straßenrand. Ungelenk klettere ich über Bruno rüber und vom Kutschbock hinunter. Er achtet peinlich genau darauf, mich bloß nicht zu berühren, als könne er sich an mir verbrennen. Bei Marei ist es genauso. Hat der jetzt auch noch eine Mädchenphobie, oder was? Ungünstig, wenn er mit uns unterwegs sein will. Ich gehe hinüber zu Gypsy und tätschele ihr den Hals. Sie schwitzt sehr.

»Bruno, kannst du einen Eimer mit Wasser bringen? Hinten im Wagen ist alles, was du brauchst«, bitte ich ihn.

»Klar, mach ich«, sagt er eifrig. Fehlt nur noch, dass er salutiert und »Ay, ay, Sir, Madam, Sir« sagt. Ich muss grinsen. Oma meinte immer, Männer muss man unbedingt im Griff haben. Das sollte hier kein Problem sein.

Wasser schleppen kann er gut, stelle ich fest, denn er ist im Nullkommanix bei uns.

»So, du Gute. Hier bekommst du was«, sage ich zu dem Pferd, als Bruno Gypsy den Eimer entgegenhält.

»Hab nicht so 'nen Schiss. Die tut dir nichts«, frotzle ich und beobachte genau, wie unsicher Bruno gegenüber dem großen Tier ist. Er hat Glück, dass Gypsy eine so brave Seele ist und gar kein Interesse am Ausfechten einer neuen Rangordnung hat. Nicht so wie das Tier aus dem Tagebuch, das die kleine Esme beinahe zertrampelt hätte.

Marei verschwindet derweilen ins Gebüsch und ruft immer wieder: »Tut das gut, tut das gut, tut das gut.« Bruno ist das Ganze sichtlich unangenehm.

»Was ist mit dir?«, frage ich provokativ. »Musst du gar nicht?«

Er schüttelt den Kopf.

»Bist kein Freipinkler, was?« Er sieht stur geradeaus. »Pech für dich. Wir halten lange nicht mehr an. Und die großen Hotels und Tankstellen mit Toiletten müssen wir leider, leider umfahren.«

»Ich habe kein Problem damit, ja?«, sagt er und stellt den Eimer weg, als Gypsy fertig ist.

»Sicher?«, frage ich und ziehe spöttisch die Augenbrauen hoch, was er sicher nicht erkennt, weil sich wieder Wolken vor den Mond schieben. Über uns schreit ein Käuzchen in der Nacht und ich frage mich, was Marei so lange macht. Sie ist so still.

»Ich muss auch einmal für kleine Mädchen. Kannst du auf das Pferd achtgeben?«, frage ich Bruno, dessen linke Augenbraue nervös zuckt.

»Ja, ich schaff das schon.«

Ich zögere. Na hoffentlich. Ich schlage mich zu Marei in die Büsche. »Marei, wo bist du?«, flüstere ich und bekomme wieder keine Antwort. »Marei?« Langsam wird mir mulmig in der Magengegend. Warum antwortet sie nicht? Plötzlich laufe ich fast in sie hinein. Wie zu einer Salzsäule erstarrt, steht sie da und schaut auf eine Eiche, dessen Ast sich ungefähr auf Augenhöhe befindet.

»Was?«, frage ich, denn weiter komme ich nicht, weil sie mir ruckartig den Arm entgegenstreckt. Dann sehe ich es. Die gelben Augen, die sie fixieren und den buschigen Kopf. Plötzlich ertönt ein Fauchen und das graue Viech bleckt die spitzen Zähne. Mir entfährt ein Schrei, Marei taumelt rückwärts und fällt über eine Baumwurzel. Die Wildkatze springt in entgegengesetzter Richtung davon und verschwindet im Dickicht des Waldes.

»Verdammt«, hauche ich und zerre meine Freundin auf die Beine. Wackelig kommt sie zum Stehen, die Hose noch nicht ganz zu. »Ich dachte, die zerfetzt mir jeden Augenblick das Gesicht. Ich schwöre, die hat darüber nachgedacht«, sagt sie atemlos und schließt ihren Reißverschluss. Unbeholfen stolpern wir zum Weg, als ich Bruno mit aufgeschreckter Miene sehe.

»Was ist passiert?«, fragt er gehetzt und hält einen dicken Ast wie eine Waffe in der Hand. Mein Magen zieht sich erneut zusammen. »Bruno?«

»Ja?«

»Was machst du hier?«

»Ihr habt geschrien!«

»Wo ist Gypsy?«, frage ich alarmiert. Jetzt höre ich den gleichmäßigen Hufschlag auf dem Weg und das Knarren und Knarzen des Wagens, der sich vorwärts bewegt. Fast gleichzeitig ertönt aus unseren Mündern ein Fluch und wir sprinten los.

Zweige schlagen mir ins Gesicht und zerren an meiner Kleidung. Fast stolpere ich über einen Kaninchenbau. Als ich die Waldstraße erreiche, ist Gypsy mitsamt dem Wagen schon etwa fünfzig Meter weitergefahren.

»Brrrrr«, rufe ich und sprinte schneller. Marei ist dicht hinter mir, als dem Pferd einfällt, in einen netten Trab zu verfallen.

»Scheiße! Verdammt!«, zische ich und treibe meine Schritte an. Mein Herz pumpt wie wild, in meinen Seiten sticht es. Keine Ausdauer. Und überhaupt, warum zum Teufel hat Bruno das Pferd nicht angepflockt oder angebunden, bevor er sich zu uns in den Wald geschlagen hat?

Die Stufe zum hinteren Eingang des Wagens ist nur noch einen Meter entfernt. Also, komm schon, Klara, ermutige ich mich. Noch ein wenig schneller. Gar nicht so leicht, wenn man eigentlich immer noch pinkeln muss. Meine Finger erreichen bald die Einstiegshilfe. Mareis Schritte hallen wie laute Gewehrschüsse durch die Nacht und ihr Keuchen klingt mir in den Ohren. Endlich schnappt meine Hand zu, krallt sich am Geländer fest und ich ziehe mich hoch. Dann rutsche ich aus, meine Schuhe schrammen über den Boden und ich baumle an der Tür. Ohgottohgott! Mein Hut verabschiedet sich und weht davon. Marei drückt mich mit Schwung nach oben und ich stoße einen schrillen Schrei aus, als ich einen Moment denke, ich falle vom Wagen. Doch wie durch ein Wunder schaffe ich es. Schnell öffne ich die bunte Hintertür und poltere über die Kanister und Rucksäcke zum Kutschbock. Meine Haare kleben in meinem verschwitzten Gesicht und versperren meine Sicht, als ich nach den Zügeln angle.

Halleluja! Ich greife sie und stoppe Gypsys freudigen Alleingang.

»Mann, Bruno, bist du denn komplett bescheuert?«, schreie ich dem blassen Jungen entgegen, als er uns endlich erreicht.

Er sagt nichts, sieht mich nur an und reicht mir meinen Hut. Bruno steht unschlüssig vor dem Kutschbock, bis Marei endlich ankommt. »Mach mal halblang. Er wollte uns schließlich retten«, sagt sie.

»Vor was denn?«, zische ich. »Vor einer Miezekatze?«

»Es hätte ja auch etwas anderes sein können«, verteidigt sich Bruno und schiebt seine Hände in die Hosentaschen.

»Wir sind hier nicht in einem deiner Bücher«, murre ich und denke an die paar Seiten, in denen ich geblättert hatte. Drachen und Orks spielten eine tragende Rolle.

»Du hast ja selber Schiss gehabt, Klara«, stellt Marei klar und verzieht ihr Gesicht dabei, als hätte sie in einen sauren Apfel gebissen.

Eins zu null, für sie. Sie hat ja recht. Ich setze meinen Hut auf und verstecke meine ertappte Miene.

»Okay, trotzdem. Jeder weiß doch, dass man ein Pferd festmachen muss.«

Bruno scharrt mit dem Schuh in der Erde. »Also, im Fernsehen kann man die Pferde auch einfach nur am Wegrand fressen lassen«, gibt Bruno zu bedenken. Ich schaue ihn verblüfft an. Das ist jetzt nicht sein Ernst? Gerade als ich tief Luft hole, um ihm eine Predigt zu halten, bekomme ich Mitleid mit ihm und winke ihn auf den Wagen.

»Schwamm drüber«, sage ich und versuche mir den Schweiß

mit meinem Ärmel von der Stirn zu wischen. Bruno grinst verlegen, setzt sich und hilft Marei galant hinauf.

»Im Ernst, Ladys. Ihr habt geschrien, als würdet ihr bei lebendigen Leib gehäutet werden«, erinnert er mich. »Oder von einem Drachen bedroht.«

»Dann ist es ja irgendwie ritterlich, dass du unbewaffnet zu uns gekommen bist. Oder nicht, Klara?«

Mann, Marei! Lass uns ›Halt die Klappe‹ spielen, denke ich. Ich bin echt am Ende. Und jetzt meldet sich meine volle Blase auch noch zurück.

»Ja, danke«, presse ich hervor. Nur kurz schaue ich Bruno dabei an und versuche zu lächeln. Dann übergebe ich die Zügel in seine Hände.

»Ich geh jetzt noch mal pinkeln und ihr rührt euch nicht vom Fleck, okay?« Egal, ob ein Drache oder Ork auftaucht, füge ich in Gedanken hinzu.

Bruno nickt und lässt mich runter. Die beiden unterhalten sich angeregt, als ich wiederkomme und sie mich in die Mitte nehmen.

»Sag mal, Bruno, was denkst du, können Drachen eigentlich Kerzen auspusten?«, fragt Marei und Bruno lacht herzlich über ihre Scherzfrage. Gypsy trottet gleichmäßig vorwärts und nach einiger Zeit muss ich wieder gähnen. Müdigkeit macht sich bleiern in meinen Gliedern bemerkbar. Der Himmel färbt sich allmählich lila und die Sterne verblassen.

Ich höre das Meer rauschen. Glaube ich. In regelmäßigen Wellen rauscht es an mir vorbei. Ich ziehe die Wolldecke höher und fröstle. Sind wir schon in Holland? Das kann nicht sein, oder? Bruno hatte es gewagt, sein Handy anzustellen und auf Google-Maps zu schauen, wie weit wir es noch haben. Nur ganz kurz, weil wir Angst hatten, dass man uns irgendwie orten könnte und unser Vorhaben vereitelt würde. Wir hatten locker noch drei Tage Reise vor uns. Ich blinzle. Die Sonne sticht mir in die Augen und dann höre ich das Rauschen wieder, das kurzzeitig Gypsys Hufschlag übertönt. Wer hat mich denn ins Bett gelegt? Ich richte mich auf, Marei liegt neben mir. Ich springe auf und eile nach vorne. Autos ziehen an unserer Kutsche vorbei. Jetzt überholt uns wieder eins. Schlagartig bin ich so was von wach. Bruno sieht zufrieden aus.

»Siehst hübsch aus ohne Hut«, meint er nett und ich komme mir nackt vor. Meine Locken stehen wirr von meinem Kopf ab und ich streiche sie hektisch zurück.

»Ich habe uns auf den richtigen Kurs gebracht«, fügt Bruno stolz an. Wieder kommen von vorne gefühlt hundert Autos, deren Insassen uns neugierig beäugen, als wären wir das siebte Weltwunder mit unserem bunten Wagen und dem gescheckten Pferdchen.

»Ähm, Bruno?«, krächze ich mit unterdrückter Verzweiflung. Ich finde meinen Hut und presse ihn auf meinen Kopf. »Hast du schon einmal daran gedacht, dass wir nicht auffallen sollten?« Ich dachte, er ist so schlau? »Und dass wir vielleicht schon gesucht werden? Zumindest ein Gypsy-Vanner-Horse mit bunter Kutsche, das letzte Nacht gestohlen worden ist?« Meine Stimme wird mit jedem Wort etwas schriller und ich klettere auf den Kutschbock. Marei erwacht hinter mir und schaut jetzt zwischen uns auf die Straße. Kinder in einem Auto winken wie verrückt und Marei gluckst freudig und grüßt zurück.

»Guten Morgen. Herrlich, dieser Tag, oder?«, sagt sie und reckt sich.

»Der könnte noch herrlicher werden, wenn die Bullen uns finden«, sage ich säuerlich und Marei verengt die Augen. Der Groschen fällt langsam. Fast kann ich ihm dabei zusehen. »Bruno, gib mal die Karte«, fordert Marei. »Wo sind wir?«

Bruno reagiert schnell. »Genau hier, und wenn ich es richtig weiß, sind wir vor Kurzem an einem Erholungsgebiet vorbeigefahren. Dort gibt es sicher viele Radwege.«

Marei gähnt.

»Können wir Gypsy wenden?«, fragt Bruno und ich grüble. »Das ist nicht so leicht, wie ihr denkt.« Ich hatte Thelma und Louise einmal komplett festgefahren bei solch einem Manöver. Und diese Kutsche ist weitaus größer als die der Ponys. Wieder rauschen weitere Autos in Mordsgeschwindigkeit an uns vorbei.

»Ich hab's«, ruft Marei plötzlich aus. »Nur noch einen Kilometer ungefähr. Dann können wir hier abfahren und kommen auf einen Weg, der zu einem See führt.«

Ich werfe einen kurzen Blick auf die Karte, die sie mir unter die Nase hält. »Dort könnten wir Rast machen. Das Pferd braucht sicher auch eine Pause«, schlägt Bruno vor.

»Du hast recht. So machen wir's.« Ich nehme ihm die Zügel ab und er klettert nach hinten in die Kutsche. Mit einem Schnalzen lasse ich Gypsy traben. Endspurt. Wir müssen so schnell es geht von der Straße.

5

FREIHEIT UND IHR BEIGESCHMACK

Ein akuter Zitteranfall lässt meine Gedanken kreuz und quer in meinem Kopf umherrollen. Ein Streifenwagen holt auf und die Abzweigung, die in einen Wald führt, ist noch eine Ecke entfernt. Okay, ich sehe sie schon. Trotzdem kommt es mir zu weit weg vor. Ob die Polizei uns schon sucht? Sind die wegen uns hier? Jetzt nur nicht auffällig werden. Ich zügle das Pony und bändige es in einen gemächlichen Trab.

»Da vorn ist ein Waldweg, den sollten wir nehmen«, sagt Bruno viel zu gelassen.

»Ich weiß, kannst du den Mund halten?« Meine Stimme versagt. Vor Entsetzen, da ich genau sehen kann, dass der Streifenwagen zum Überholen ansetzt.

»Scheiße. Jetzt sind wir bestimmt geliefert«, zische ich und schicke ein Stoßgebet zum Himmel. Marei ist ganz still. Der Wagen zieht unendlich langsam an uns vorbei. Mein Herz hüpft in meiner Brust.

»Du solltest entspannt bleiben«, rät Bruno und ich zwinge mir ein Lächeln auf die Lippen. Einer der Beamten schaut aus dem Autofenster, als sie uns passieren. Während der Wagen vor uns einschert, bin ich schon dabei, das Pferd zu bremsen. Denn jeden Augenblick würden sie uns auffordern anzuhalten. Ganz sicher! Umso erstaunter bin ich, als die Polizisten ihr Auto beschleunigen und einfach davonfahren. Meine Zunge klebt am Gaumen. Bruno atmet laut auf, ich lenke Gypsy in den ersehnten Waldweg und Marei stößt einen Jubelschrei aus. Das Pony antwortet mit einem Wiehern.

»Meine Fresse. Ich dachte, jetzt ist es aus«, platzt es aus mir heraus.

»Was du nicht sagst. Du hast uns alle erfolgreich mit deiner Panik angesteckt, Klara«, antwortet Marei und zieht die Augenbrauen hoch.

»Ist eigentlich nur mir bewusst, wie heikel diese Rettungsaktion ist? Und wie übel das gerade hätte enden können?« Ich bin fassungslos.

»Nein, mir ist auch klar, um was es geht. Eine Vorstrafe im Jugendalter kann sich negativ auf meine Karriere auswirken«, wirft Bruno ein. Mareis und mein Blick treffen sich.

»Was?!«, sagen wir gleichzeitig.

»Na, ich sage, mein Vorhaben, später in das Rechtswesen zu gehen, wenn ich studiert habe, könnte …«

»Schon gut«, fällt Marei ihm ins Wort. »Wir dachten eher an Gypsys kurze Zukunft, wenn wir erwischt werden.«

Bruno schluckt trocken.

»So war das ja auch nicht gemeint. Natürlich ist es das Wichtigste, das Pferd in Sicherheit zu bringen.«

»Sicher?«, frage ich müde. Mein Magen knurrt jetzt wie bescheuert und mir wird flau.

»Natürlich bin ich sicher.« Bruno schaut mich mit Unbehagen an und kramt in seinem Rucksack. Kurz darauf hält er sich schützend eines seiner Bücher vor die Nase.

Gypsy wird immer langsamer und ich halte Ausschau.

»Dort, was ist das?«, ruft Marei viel zu laut an meinem Ohr. Ich blinzle und spähe durch das Geäst von Bäumen zu unserer Rechten.

»Oha, eine kleine Wiese. Hier machen wir Rast«, entscheide ich.

»Juhuu! Endlich! Mein Hintern ist schon ganz taub«, jubelt Marei und klopft auf die Holzbank.

Es dauert keine drei Minuten und ich habe den Wagen genial im Gebüsch geparkt. »So wird man uns nicht sofort entdecken.« Am liebsten möchte ich mir selber auf die Schulter klopfen, für dieses kleine Kunststück. Zufrieden steige ich ab. Hinter mir rutscht Marei von der Treppe und fällt in Brunos Arm. Wow! Wer hätte gedacht, dass er so schnell reagieren kann. Und sie nicht fallen lässt. Ich ignoriere die Tatsache, dass Marei nicht nur dankbar, sondern auch sichtlich beeindruckt ist. Bruno hat plötzlich einen hochroten Kopf und ich bitte ihn, mir mit dem Pferd zu helfen.

Während Gypsy zufrieden grast und Bruno mit Marei Ravioli-Dosen nach draußen bringt, lasse ich mich auf den Rasen plumpsen. Es ist heiß geworden. Die Sonne brennt auf meinen Hut und ich durchwühle den Rucksack. Meine Bewegungen werden hektischer. Wo ist er denn, verdammt? Er muss doch … da dämmert es mir und ich schmeiße den Rucksack von mir. Verfluchter Bockmist! Ich habe solch einen Hunger. Mein Magen knurrt wie ein wildes Tier.

»Kann jemand die Dose mit den Zähnen aufnagen?«, frage ich missmutig in die Runde und Mareis Blick verfinstert sich schlagartig.

»Sag, dass das nicht wahr ist?« Sie rauft sich die blonden Haare.

»Doch, ist es. Ich habe den Dosenöffner vergessen.«

»Mann, Klara! Aber, ich habe dir extra gesagt, dass ich keinen mitbringen kann, oder?« Jetzt gibt auch ihr Bauch ein mehr als seltsames Geräusch von sich.

»Ja, das weiß ich. Es ändert aber nichts daran, dass ich ihn vergessen habe, klar?« Ich linse schuldbewusst unter dem Hutrand zu ihr herüber.

»Ja, alles Klara. Dann gibt es halt nur trocken Brot.«

Marei will gerade aufstehen, da hält Bruno sie zurück.

»Ladys, einen Moment, bitte. Gebt mir mal die Dose«, fordert er uns auf und erntet einen skeptischen Blick meinerseits.

»Na dann, Superman. Beiß dir mal die Zähne aus«, sage ich und verschränke bockig die Arme vor der Brust.

Ungewohnt selbstsicher nimmt Bruno die Dose entgegen und zaubert ein Schweizer Armeemesser aus der Hosentasche. Im Nullkommanix hat er sie offen. Verblüfft schaue ich ihn an.

Sekunden später stochern wir drei hungrig mit unseren Gabeln in der Dose herum. Ich kann es nicht fassen, wie gut diese kalten Nudeln in Tomatensoße schmecken.

»Vielleicht ist es doch nicht so schlecht, einen Jungen mit dabeizuhaben?«, sagt Marei mit vollem Mund.

Da könnte was dran sein. Trotzdem antworte ich nur mit einem Murren.

»Super-Bruno, du hast uns gerettet«, verkündet Marei ganz laut und zwinkert ihm zu.

»Na ja, so weit würde ich jetzt nicht gehen«, werfe ich ein und stopfe mir eine Gabel voll Nudeln in den Mund. Bruno sieht selbstzufrieden aus und öffnet die nächste Dose.

»Eine geht noch!«, sagen wir drei wie aus einem Mund und ich fühle mich plötzlich so richtig mit den beiden verbunden. Als wären wir die drei Musketiere oder so was Ähnliches.

Etwa eine Stunde später zieht die verfressene Gypsy, die wir nur mit Mühe vom Gras wegbekommen haben, den Wagen mit uns über eine kleine asphaltierte Straße. Links erstrecken sich weite Kornfelder, über die der Wind sanft streicht und für etwas Abkühlung sorgt. Das Leben ist schön. In diesem Augenblick ist es beinahe perfekt. Marei singt ihre Lieder. Auch, wenn sie es dreistimmig tut, nämlich mit Leidenschaft, total schief, und das auch noch mit Begeisterung, muss ich lächeln.

»Hier«, sagt Bruno plötzlich neben mir und hält mir die Karte unter die Nase. »Dort ist der See. An dem kommen wir vorbei …« Er überlegt eine Sekunde. »… gegen Nachmittag. Und wir könnten rasten.«

»Das ist eine gute Idee«, antworte ich leichthin und lehne mich entspannt zurück. Eine Supergelegenheit, sich zu erfrischen und die Klamotten zu wechseln. Langsam habe ich nämlich das Gefühl zu muffeln. Bruno knistert mit der Karte, während er sie zusammenlegt.

»Ich denke, wenn wir uns weiter westlich halten, können wir einen halben Tag an Fahrt sparen«, überlegt er.

Jetzt hat er meine volle Aufmerksamkeit.

»Wirklich?«, frage ich. Er nickt eifrig und zeigt mir die Stelle, an der wir den geplanten Weg verlassen müssten. Ich runzle die Stirn. »Aber dann müssen wir an Bahngleisen entlang, oder?« Ob das so eine gute Idee ist?

»Ja, das stimmt. Aber nach meinen Berechnungen sind es in einem schnellen Trab nur etwa fünfzehn Minuten, in denen Bahnpassagiere uns sehen könnten. Vorausgesetzt, in diesem Zeitraum, in dem wir an den Gleisen vorbeikommen, fährt überhaupt ein Zug vorbei.«

Marei legt das Fernglas, mit dem sie in der Weltgeschichte umhergeschaut hat, zur Seite.

»Okay, Herr Professor Bruno. Wenn Sie diesen Weg vorschlagen, werden wir ihn einmal ausprobieren«, sage ich witzelnd.

Marei jubelt und klatscht die Hände zusammen. »Schön. Dann haben wir Gypsy schneller in Sicherheit. Das wäre phänomenal gut.«

Am Nachmittag kommen wir endlich am See an. Meine Haare kleben an meinem Hut und mein T-Shirt ist durchgeschwitzt. Marei fächelt sich seit mindestens einer Stunde Luft mit einer alten Zeitung, die sie unter dem Bett gefunden hat, zu und Bruno liegt ausgestreckt auf dem Bett.

»Hey, wir sind da«, rufe ich und lenke Gypsy, die vom Schwitzen voller Schaum ist, auf die Wiese vor dem See.

»Und wir haben sogar Glück. Keiner ist hier. Wir sind alleine!«, juble ich.

Marei streckt sich neben mir.

»Oah, mir tut jede Gräte im Leib weh«, stöhnt sie und ich stoppe das Pferd. Mit einem Sprung bin ich vom Wagen. Gypsy schnaubt zufrieden, während ich sie abspanne. Als sie ihren dicken Kopf an mir reibt, verliere ich fast das Gleichgewicht, was das Pferd ausnutzt, um zu grasen.

»Na, schon wieder hungrig?«, sage ich lachend und tätschle die brave Stute. Bruno klettert vom bunten Wagen und schaut auf den See. Das Wasser liegt ruhig da, wie ein Spiegel reflektiert er die Bäume, die rundherum stehen. Er ist nicht riesig, aber auch nicht zu klein. Ein paar Enten schwimmen in seiner Mitte. Andere brüten im Schilf in der Nähe eines Stegs. Ich schlüpfe aus den Schuhen und der Jeans. Meinen Hut lege ich daneben und schwinge mich auf Gypsys Rücken, während Marei schon zum Wasser eilt. Ohne darüber weiter nachzudenken, ob das Pony überhaupt einen Reiter kennt, drücke ich ihr die Fersen in die Flanken und treibe sie an. Ihr Fell ist warm und feucht. Sie spitzt ihre Ohren und trabt direkt aufs Wasser zu. Perfekt! Doch dann macht sie den Rücken rund. Oh, oh. Marei prüft gerade die Wassertemperatur mit ihrem großen Zeh, als Gypsy ins Wasser jagt, und wird nass gespritzt. Ich greife in die volle Mähne des Ponys und jetzt passiert es auch schon: Gypsy bockt, um das ungewohnte Gewicht auf dem Rücken loszuwerden. Ich verliere den Halt und klatsche ins Wasser. Für einen Moment ist unten oben und oben unten. Schlamm färbt das Wasser grau. Blasen blubbern an die Oberfläche und ich durchstoße sie mit einem Schrei.

»Ist das kalt!«, brülle ich und bekomme festen Boden unter meine Füße. Gerade noch so halte ich mich an Gypsys Strick fest, den sie hinter sich herzieht. Das Pony plantscht ausgiebig und tritt mit dem Bein im Nass herum. Es spritzt und schäumt. Behutsam fordere ich sie auf, weiter mit mir in den See hineinzugehen, damit ich sie ordentlich waschen kann.

Doch mit einem Mal rennt sie vorwärts. Ich verheddere mich im Strick und werde mitgerissen. Mit einem dicken Bauchklatscher komme ich auf der Wasseroberfläche auf und gluckere unter. Tausende Luftbläschen rauschen an mir vorbei, während Gypsy mich munter durch den See zieht.

»Klara!«, schreit jemand. »Pass auf!« Prustend schaffe ich es, auf die Beine zu kommen, als das Pferd eine Wendung einlegt und wieder aufs Ufer zuhält.

»Halt sie auf!«, schreit Marei. Ich will rufen, dass ich alles unter Kontrolle habe, doch die Worte gehen in einem erneuten Schwall Wasser unter. Verdammt!

Jetzt reicht es aber. Ruckartig ziehe ich am Strick. Gypsy schaut sich müde um und trabt einfach weiter durch das hüfthohe Wasser.

Bruno läuft am Ufer entlang, versucht ihr den Weg abzuschneiden. Das Pony macht postwendend kehrt. Plötzlich bremst etwas meine wilde Fahrt. Ich schramme mit den Knien über schlammigen Boden und … verliere den Strick.

»Nein! Gypsy!«, rufe ich panisch. Das fehlt noch, wenn

die jetzt auch noch abhaut! Tropfnass stolpere ich aus dem See ans Ufer. Gypsy erreicht den Strand und macht fröhliche Sprünge. Dummerweise gut fünfzig Meter von dem Platz, an dem Marei, Bruno und der Wagen stehen. Scheiße! Marei nimmt die Beine in die Hand. Bruno ebenfalls. Ich rutsche aus und knalle direkt in den Matsch. Fast will ich anfangen zu heulen, weil mein ganzer Körper wehtut und ich denke, dass das Pferd uns entwischt, da sehe ich, wie sie bremst und sich in den größten Sandhaufen legt, den der Platz zu bieten hat. Bingo! Ich rapple mich auf und gehe vorsichtig auf sie zu. Marei ist schneller und die Erste, die das frisch panierte Pferd erreicht und sich den Strick schnappt.

»Das … war …knapp!«, keuche ich und lasse mich auch in den Dreck fallen. Erst mal atmen. Dann alles Weitere.

Gypsy steht wieder auf und schüttelt sich. Sand spritzt in alle Richtungen. Marei verengt die Augen und geht vor dem Pony in die Hocke.

»Was ist denn das?«, fragt sie mich. Ich komme näher und sehe, was sie meint. Gypsy hat viele Wunden unterhalb der Brust und an den Beinen. Als hätte sie jemand mit einer Peitsche dort geschlagen. Und Frau Fassbinder war das sicher nicht.

»Die arme Gypsy«, knurre ich wütend über so ein Verbrechen.

»Das hab ich vorher gar nicht gesehen.« Marei sieht mich betroffen an.

»Ich auch nicht. Die lange Mähne und das dicke Fell haben die Wunden gut versteckt.«

»Ob der alte Fassbinder das war?«

»Darauf würde ich meinen Arsch verwetten«, sage ich tonlos und streichle die Stute über die Nase.

Eine halbe Stunde später, Gypsy steht sicher festgebunden am Wagen und zupft Grasbüschel, hänge ich unsere nassen Klamotten auf. Wir hatten noch ausgiebig gebadet und die Frische des Wassers genossen. Die Sonne scheint kräftig vom Himmel und trocknet uns die Haare. Es ist wirklich erstaunlich, wie alltagstauglich unser fahrendes Heim ist. Marei grinst die ganze Zeit vor sich hin, während sie Bruno heimlich mustert, der ein Hello-Kitty-Shirt von ihr trägt, solange seins auf der Wäscheleine hängt. In seinem Rucksack befinden sich doch tatsächlich nur Bücher und ein Winterpullover.

»Du musst zugeben, es steht ihm extrem gut«, flüstere ich ihr im Vorbeigehen zu und sie kichert. Ich sende gerade ein Bild mit meinen Füßen im Sand dieses kleinen Strandes an meine Mama. Sie soll ja denken, ich bin am Meer. Und es sieht fast so aus.

»Ja, wir sollten ein Foto machen und es ihm zu Weihnachten schicken. Er wohnt doch in der Stadt. Vielleicht könnten wir ihn ja mal besuchen, oder? Ich war noch nicht so oft dort. Ich habe gehört, da gibt es hammergeniale Klamottenläden. Hättest du nicht auch mal Lust?«, fragt Marei und verstummt, weil meine Aufmerksamkeit jetzt ganz woanders liegt. Nicht mehr bei Brunos unvermeidbaren Kleidungsunfall. Nicht bei Mareis gewaschener Unterhose, die mir droht entgegenzufliegen. Nicht bei meiner Mama und den Fake-Nachrichten, die ich ihr sende. Und nicht bei der Frage, ob ich nicht zuhöre. Mit Entsetzen stelle ich fest, dass wir nicht länger alleine sind. In meinem Magen vibriert es vor Aufregung.

»Schau mal«, hauche ich und schubse meine Freundin in die richtige Richtung, in die ich starre.

Sie stockt. Und dann lächelt sie doof. »Oh, ist das süß. Die mögen Gypsy.«

»Komm schon, Marei, das ist gar nicht gut.« Ich ziehe sie mit mir.

»Wieso? Sind doch nur kleine Kinder.«

»Das ist ein ganzer Kindergartenausflug!«, antworte ich und

überlege, was das für uns bedeuten könnte. Es kommen noch mehr dieser Zwerge vom Weg her und jetzt auch Erwachsene. Nicht das noch! Bruno sieht hilflos aus. Drei Zwerge stehen vor Gypsy und grapschen an ihr herum. Sie döst gelassen vor sich hin und lässt die kleinen Hände kraulen und tatschen.

»Wie distanzlos«, stellt Marei fest und verengt die Augen. »Ich hab so was mal mit dem Nachbarshund gemacht. Der hat mich zum Dank gebissen.«

»Pferdi, Pferdi«, singt jetzt ein Mädchen mit Zöpfen und tanzt um Gypsy herum. Das Pony hebt den Kopf und schaut dem Kind neugierig nach. Im nächsten Moment hat die Stute ihre große Nase im Micky-Maus-Rucksack eines Jungen und findet einen Apfel. Ich schreite ein, nicht dass sie noch eines der Kinder selbst probiert.

»Kann ich das reiten?«, fragt ein Junge und zupft an meinem Ärmel.

»Nein«, antworte ich gehetzt.

»Wieso nicht?«, will er wissen und eine Frau mit Sonnenbrille taucht neben mir auf.

»Hallo, ihr drei. Macht ihr einen Ausflug?«, fragt sie.

»G-genau«, stammle ich. Sie legt ihren Kopf schief und mustert uns ausgiebig. »Kommt ihr von hier?«

»Einen Ort weiter«, mischt sich Bruno ein und zupft verlegen an seinem Hello-Kitty-T-Shirt herum, als zwei kleine Jungs sich über seine Aufmachung lustig machen.

Ich für meinen Teil werde vermutlich nie Kinder bekommen. Das wird mir immer wieder bewusst, wenn ich solche aufgedrehten und nervigen Exemplare treffe. Ob ich auch so war?

»Ey, keine Schokolade fürs Pferd!«, fiepe ich und hechte zwischen Schokokeks und Pferdemaul. Der Junge sieht enttäuscht, ja geradezu frustriert aus, weil ich die Fütterung unterbrochen habe. Und Gypsy erst.

»Wenn du die loswerden willst, kannst du sie mir geben«, schlage ich versöhnlich vor.

»Nein«, ist seine knappe Antwort.

»Ihr habt euch aber auch einen wunderbaren Tag ausgesucht für so eine Kutschfahrt«, sagt die Frau und nimmt ein Mädchen an die Hand, das versucht Gypsy in den Nüstern zu bohren. Die Stute schnaubt und ihr ganzer Rotz fliegt mir entgegen.

»Ja, es geht doch nichts über Sonnenschein und die Natur«, antworte ich und versperre mit dem Fuß einem weiteren Gör den Weg zum Pferd. Flöhe hüten ist leichter.

»Kinder, kommt bitte einmal alle zu mir!«, ruft die Erzieherin und mit dem letzten Zwerg taucht auch eine weitere erwachsene Person auf. Bruno scheint die Kinder stumm zu zählen.

»Oh, ein Zigeunerwagen!«, ruft die ältere Frau, die zu uns kommt. Sie hält zwei ganz kleine Mädchen an den Händen. »Dürfen wir ein Foto machen?«

Oh, Gott, bloß nicht!

»Ähm«, mehr fällt mir nicht ein.

Doch Bruno springt mir zur Seite. »Aus ethischer Sicht ist die Bezeichnung ›Zigeuner‹ nicht korrekt. Europa hat diesen Ausdruck quasi erfunden und damit viele verschiedene Völker in einen Topf geworfen. Außerdem ist diese Bezeichnung ein absolutes No-Go. Eine Beleidigung sondergleichen.« Der Frau klappt der Mund auf und wieder zu. Und sie packt ihren Fotoapparat wieder weg.

»Wissen Sie, mit ›Zigeuner‹ ist eine Minderheit gemeint, die vornehmlich aus Sinti und Roma besteht. Dabei handelt es sich bei diesem Wagen ganz eindeutig um die Kunst der Volksgruppe der irischen Reisenden. Das sieht man an den Schnitzereien und Motiven auf dem Holz.«

Echt jetzt? Und woher weiß der das, der Superbruno?

»Diese Gruppe der Irish Travellers gibt es bis heute in Irland. Zunächst handelte es sich damals um Vertriebene, also Bauern in Irland, deren Höfe man in den Zeiten der Pest niedergebrannt hatte. Das muss so um 1840 gewesen sein. Und als die Kartoffelfäule ihr Übriges tat, verloren auch weitere ihr Hab und Gut. Also begannen sie zu reisen und boten Arbeiten an. Zum Beispiel als Kesselflicker.« Alle starren Bruno an. Und Marei und ich beginnen ganz schnell unsere Dinge in den Wagen zu laden.

»›Zigeuner‹ ist ein Schimpfwort und ist nur mit negativen Vorurteilen behaftet. Zum Beispiel ging man damals davon aus, dass diese Menschen Gauner und Diebe seien, was nicht zutreffend war und ist.«

Bruno hat durchaus Talent zum Geschichtslehrer. Bis auf einen Jungen, der sich hingebungsvoll in der Nase bohrt, und ein Mädchen, das Blümchen pflückt, hören ihm alle so lange zu, bis Gypsy angespannt ist und die Kutsche sich in Bewegung setzt. Für einen Moment wird mir bewusst, dass wir Bruno einfach inmitten der Kids stehen lassen könnten. Das wäre aber fürchterlich undankbar und deshalb verwerfe ich den Gedanken schnell wieder und packe ihn am Ärmel, um ihn auf den Wagen zu ziehen.

»Woher weißt du das alles?«, frage ich ihn, als wir die Kindergartengruppe hinter uns gelassen haben.

»Ich hab ein bisschen Allgemeinwissen.«

Ich hebe die Augenbrauen. Komisch. Jetzt fühle ich mich wie ein Unbeteiligter, beim Thema Intelligenz.

»Ich lese halt viel und ich kann mir gut Dinge merken.« Bruno schiebt seine Brille höher auf die große Nase.

»Du hast uns schon wieder gerettet«, meint Marei und kuschelt sich an seinen Arm. Seine Ohren beginnen zu glühen und ich mache mir augenblicklich Sorgen, dass man uns alleine dadurch schon von der internationalen Raumstation aus dem Weltall sehen kann. Nicht alleine, weil wir bunt sind.

»Na gut, ich stimme meiner Freundin zu. Du hast uns Zeit verschafft, um zu flüchten. Danke, Bruno«, sage ich, lächle und tippe mir anerkennend an den Hut. Was würde wohl passieren, wenn ich mich jetzt auch an ihn kuschle und ihn anschaue wie ein Welpe? Würde sein Kopf dann platzen?

»Keine Ursache, Mädels. Wir sind die drei Musketiere.«

»Einer für alle, alle für einen«, sagt Marei und komischerweise kann ich mich mit diesem Gedanken langsam anfreunden.

6

WIR SIND WEG, BIS WIR WIEDER DA SIND

Wenig später beschließen wir, dass Marei ihre Eltern aus ihrem »Urlaub bei mir« anruft, damit unsere Tarnung aufrechterhalten bleibt.

»Hey, Mama, wie geht's euch?«, fragt sie zuckersüß ins Handy und stellt auf laut.

»Uns geht es gut. Und du verpasst was, Süße. Das Meer ist einfach fantastisch«, höre ich sie sagen, als ich mich zu Marei lehne. »Aber mal was anderes. Ich hab versucht dich zu erreichen, aber dein Handy war aus. Du weißt, ich mag das nicht, wenn du nicht rangehst.« Oje. Gut, dass meine Mutter da nicht so empfindlich ist.

Marei dreht hektisch an einer ihrer blonden Strähnen. »Mein Akku war leer und ich hatte es gar nicht bemerkt«, lügt sie.

»Und was macht ihr so, bei Klara?«

Gypsy entdeckt andere Pferde auf einer Weide und wiehert.

»Wir machen viel mit den Ponys und Klara bringt mir Kutschefahren bei.« Das ist nicht mal gelogen. Marei durfte auch schon lenken.

»Oha, das hört sich spannend an. Aber denk dran, wenn du dich raufsetzen solltest, nur mit Helm! Reiten ist nicht ungefährlich. Denk an Tante Rosi, die hat sich den Schädel gebrochen.«

Tante Rosi hatte nur Pech, denke ich. Sie war gestürzt, weil neben ihrem Pferd ein Feuerwerkskörper explodierte.

»Natürlich, ich bin ja nicht lebensmüde.« Marei zwinkert mir zu und ich grüble darüber nach, ob ich mich nicht lieber auch bei meinen Eltern melden sollte.

»Helft ihr denn auch Klaras Mutter mit den Gästen?«, will Mareis Mama wissen und ich rolle innerlich mit den Augen. Sie hat ja keine Ahnung. Um einen kümmern wir uns nämlich besonders gut. Bruno, der auch mithört, grinst breit, als mein Blick bei dem Thema auf ihn fällt.

»Ist Klaras Mutter gerade in der Nähe, ich wollte sie noch etwas fragen.«

Marei versteift sich neben uns. »Was denn?«

»Erwachsenen-Sachen, Schätzchen.«

»Oh, Mama, echt jetzt?«

Ich mache ein Zeichen, dass sie besser das Gespräch beendet.

»Sorry, Mama, wir sind gerade noch unterwegs. Die Weiden kontrollieren.«

Ich schaue sie verwirrt an. Als ob wir das alleine machen würden. Denn neue Pflöcke setzen ist ganz sicher nicht mein Fachgebiet. Das kann nur Papa. Marei zuckt hilflos die Schultern und ich verstehe den nächsten Satz ihrer Mutter nicht mehr.

»Mach dir keinen Kopf und genießt eure neu gewonnene Zweisamkeit«, zwitschert meine Freundin und ich bemerke, wie ihr Gesicht vom Lügen ganz rot wird. »Nein, nein. Heute Abend müssen wir auf zwei Ferienkinder aufpassen und Klaras Mama macht mit uns ein Lagerfeuer mit Stockbrot und so. An deiner Stelle würde ich, was auch immer du sie fragen willst, fragen, wenn ihr wieder zu Hause seid.« Sie atmet schwer aus. »Mach ich. Ihr auch, Küsschen.«

Ich nicke ihr anerkennend zu. »Du kannst ja lügen, bis sich die Balken biegen«, stelle ich fest.

»Gelernt ist halt gelernt.«

»Böses Mädchen.«

Sie kichert aufgeregt.

»Eltern sind auch nicht immer ehrlich«, mischt Bruno sich ein. »Wenn einem über Jahre ein Goldfisch als ein und derselbe verkauft wird, obwohl es mindestens acht verschiedene waren, ist das traumatisierend. Und zugleich eine irreführende Bekundung der Fürsorge elterlicherseits.«

»Häh?« Mensch, kann der sich nicht einmal normal ausdrücken?

»Na, ich dachte Kunibert wäre neun Jahre alt geworden. Und ist es nicht wichtig, auch im jungen Alter Abschied nehmen zu können, wenn jemand stirbt? Und überhaupt: Ich habe eigentlich nie verstanden, warum etwas beerdigt wird, um angeblich in den Himmel aufzusteigen. Wieso bringt man einen Körper der Hölle näher und will dann, dass die Seele nach oben aufsteigt? Das ist doch paradox.«

»Das wird mir zu kompliziert. Welche Frage mich eher beschäftigt, ist, ob man schon nach dir sucht.« Wenn dem so wäre, würde Mama mich anrufen? Ich werfe einen Blick nach hinten zu meiner Tasche, in der mein ausgeschaltetes Handy liegt.

»Das ist wahrscheinlich«, meint Bruno locker.

»Hast du denn kein schlechtes Gewissen? Ich meine, deine Eltern sind bestimmt verängstigt.« Und meine erst, wenn sie merken, dass ein Kind in ihrer Obhut abhandengekommen ist. Jetzt hab ich Bauchschmerzen.

»Es bringt die schon nicht um. Außerdem hab ich eine Nachricht hinterlassen. Per WhatsApp, bevor ich offline gegangen bin.«

Marei schaut ihn komisch an.

»Was denn für eine Nachricht?«

»Sie sollen sich keine Gedanken machen und dass ich nur kurz etwas auf den Grund gehe. Und dass es zum Erwachsenwerden dazugehört, Reisen selbstständig zu unternehmen.«

»Okay, also im Grunde hast du gesagt: Ich bin dann mal weg, bis ich wiederkomme. Die Nachricht hättest du dir sparen können.«

Bruno blättert in dem alten Tagebuch, das Marei gefunden hat, und ignoriert meine Worte.

»Ich wünschte, du hättest so ein ausgeklügeltes Alibi wie wir«, sage ich und lasse Gypsy schneller laufen, weil sie in Versuchung gerät, zu nahe an den Zaun zu wollen, um die fremden Pferde zu begrüßen. Eines von ihnen springt aufgeregt umher und schnaubt laut.

»Ob euer Plan so schlau ist, wird sich sowieso erst noch rausstellen.« Bruno verschränkt die Arme vor der Brust.

»Es ist jetzt unser Plan, Bruno. Und ganz ehrlich, weißt du, was Karma ist?«, fragt Marei.

»Ja, es ist ein spirituelles Konzept, nach dem jede Handlung eine Folge hat, in diesem oder sogar im nächsten Leben. Und schlechtes Karma, durch schlechte Handlungen, bedeutet nichts Gutes für das Individuum«, zitiert er vermutlich den Wikipedia-Eintrag.

»Siehst du. Alleine der Versuch, ein Lebewesen zu retten, wird uns ganz sicher gutgeschrieben werden. Und ich garantiere dir, keiner von uns wird als Ameise wiedergeboren.« Marei strahlt ihn an und Bruno lächelt wieder.

Die nächsten Stunden sind unbeschwert. Marei versucht Witze zu erzählen und verrät ständig die Pointen zu früh.

Über uns segeln Schwalben und kündigen einen Wetterwechsel an. Gegen Abend legt sich bereits ein grauer Schleier über die Wiesen und Felder und als es dunkel wird, halten wir bei einem kleinen Brunnen. Gypsy öffnen wir eine kleine fremde Weide und lassen sie heimlich ein paar Stunden grasen, bis wir sie gegen Mitternacht wieder an den Wagen binden.

»Hier Bruno, du kannst noch ein Kissen haben«, sagt Marei und streicht die bunte Patchwork-Decke über uns glatt, die ich mit ihr teile. Bruno liegt direkt vor unserer Koje und schlägt Esmes Tagebuch auf. Vier Kerzen flackern unruhig auf dem Regal. Ihr Licht wird von den Töpfen und Gläsern reflektiert und tanzt über uns hinweg.

Bruno beginnt zu lesen:

28. September 1898

Mein Vater war beunruhigt über unser neues Pferd. Er nannte es »Gypsy Devil« und wagte es nie, ihm den Rücken zuzukehren. Sogar unsere beiden Hunde waren auf der Hut vor seinen Hufen.

»Er wird uns umbringen«, sagte meine Mutter, als wir ihn das erste Mal vor unseren Wagen spannten. »Er ist ein ›Runaway‹. Wir werden ihn nicht halten können, wenn er durchgeht und uns mit sich reißt.«

»Er geht in der Mitte der Karawane, ich werde ihm keine Möglichkeit bieten, um auszuscheren«, beruhigte sie mein Vater mit wenig Erfolg. Sie nahm meine Schwester Mara auf den Arm und ging in den Wagen. Ich hörte sie wütend zischen, wie eine Schlange. Und ich erahnte die Verwünschungen, die sie murmelte. Was hatte Papa für eine Wahl? Ein gutes Pferd war für uns Traveller lebenswichtig und mit Clip hatten wir unseren wertvollsten Besitz verloren. Vor zwei Jahren hatte Papa noch viel mit Ponys gehandelt. Da war die Stute eines Bauern, die sich als Stopper herausstellte. Immer wenn es auch nur ein bisschen bergauf ging, hielt sie an. Sie war auch für uns unbrauchbar, also färbte Papa ihre Blässe schwarz ein und verkaufte dieses Pferd an eben denselben Bauern zurück, der damals an ihn verkauft hatte. Nur für mehr Geld.

Wir hatten auch schon mal einen Head Stagger. Die Stute hatte es nicht ertragen, lange angebunden zu werden. Sie hatte einmal fast den Wagen umgeworfen, weil sie so unruhig wurde. Aber das gefährlichste Pferd ist mit Sicherheit der Runaway. Meine Cousine starb durch so ein Pferd. Es ging einfach durch und jagte mit der Kutsche los. Ihre Mutter versuchte es zu halten, doch es biss sich fest und rannte, als wäre der Teufel hinter ihm her. Die Kutsche schlingerte gefährlich auf der mit Schlaglöchern übersäten Straße. Ihr Bruder stürzte zuerst vom Kutschbock und blieb liegen. Als die Kutsche in einer Kurve kippte, begrub sie meine Cousine unter sich. Sie war sofort tot.

Wir verließen Belfast und zogen gen Westen. Gypsy Devil ergab sich seinem Schicksal und trabte hinter den anderen

Wagen hinterher. Nach einer ganzen Weile stampfte er einen beschwingten Rhythmus in die Erde des sich wie Schlangen windenden Weges und wurde ruhiger. Ich fragte mich, wo Gypsy wohl geboren wurde. Wer ihn aufgezogen hatte und warum er Männer so hasste. Bei Frauen und bei mir war er mittlerweile nicht mehr so wütend. Nach wenigen Tagen durfte ich seine Nüstern berühren, ohne dass er im nächsten Moment die Zähne bleckte und biss.

Ein Grollen ertönt und reißt uns aus der Geschichte, die sich bis eben noch wie ein Film vor meinen Augen abspielte.

»Was war das?«, fragt Marei angespannt. Bruno lässt das Tagebuch sinken und blinzelt. In dem Moment öffnet der Himmel seine Schleusen und Regen prasselt auf das Dach des Wagens nieder. Er ist ohrenbetäubend.

»Oh Gott. Gewitter?!« Marei zieht sich die Decke bis zum Hals. »Sind wir hier sicher?«

Ein Blitz erhellt unsere panischen Gesichter. Bruno ist als Erstes auf den Beinen und linst nach draußen.

»Könnten wir erschlagen werden?«, will Marei wissen. »Stehen wir zu nahe an den Bäumen?«

Bruno zieht die Spitzengardine des Seitenfensters auf. Gypsy steht mit hängendem Kopf im Starkregen und sie tut mir sofort leid. Das Wasser rinnt ihr über die Ohren und an der Brust hinab. Zu ihren Füßen bilden sich kleine Flüsse, die sich wie das Geäst von Bäumen aufzweigen.

»Bruno, sag doch was! Müssen wir hier weg?«, fragt Marei ängstlich. Ihre blonden Zöpfe stehen schief von ihrem Kopf ab und ihre blauen Augen sind ganz groß.

»Na ja, wo sollen wir denn schon hin?« Bruno schaut in die Ferne. »Zumindest stehen wir nicht mitten auf der Wiese.«

»Das ist gut, oder?«, frage ich.

»Auf jeden Fall.« Bruno klopft mir aufmunternd auf die Schulter. Wind frischt auf und lässt den Regen an die Scheibe schlagen.

»Ich hab schon lange nicht mehr so ein Unwetter erlebt«, überlege ich. Jetzt kann man draußen gar nichts mehr erkennen. Nur noch Wasser und die Umrisse von der bunten Stute. Oje.

»Das ist die Sintflut«, zischt Marei und schiebt Bruno zur Seite. »Es musste ja irgendwann so weit kommen.«

»Wie meinst du das denn?« Ich hebe eine Augenbraue.

»Klara, schon mal was von der Apokalypse gehört?« Marei sieht mich an, als wäre ich dämlich. Oder denkbehindert.

»Weltuntergang!«

»Jetzt mach mal 'nen Punkt«, rate ich ihr.

»Wieso sollte das gerade jetzt über uns hereinbrechen?«, meint Bruno und ich zucke zusammen, als es wieder donnert.

»So etwas wie die Apokalypse gibt es nicht. Das entzieht sich jeglicher wissenschaftlichen Grundlage.«

»Genau«, sag ich schwach und setze meinen Hut, den ich zum Schlafen immer absetze, vorsichtshalber wieder auf, als könne er mich in irgendeiner Weise schützen.

»Außerdem wäre die Welt dann schon mindestens hundert Mal untergangen.« Bruno nickt bei jedem Wort, um sie zu unterstreichen.

»Nein, im Ernst. Jemand aus der Schule hat erzählt, dass es 2019 passieren wird. Und dass es so gut wie sicher ist. Und es ist 2019!« Mareis Stimme ist schrill.

»Roland Emmerich, der Filmregisseur, hat gemeint 2012«, erinnere ich mich an den gleichnamigen Kino-Blockbuster.

»Das waren die Mayas«, berichtigt Bruno. »Alle Welt hatte den Mayakalender für eine Prophezeiung gehalten, weil er 2012 endete. Wenn man mich fragt, ich denke, der Künstler, der ihn schuf, hatte nur keine Lust mehr. Oder keinen Platz für Folgejahre. Ich möchte nicht wissen, wie die sich schlappgelacht hätten über die Panik, die sie bei so manch einem ausgelöst haben.«

»Thihihi, urkomisch«, sage ich und lache gequält, als erneut ein Blitz den Wagen erhellt.

»Die Zeugen Jehovas dachten sogar, es geschieht im Jahr 2000«, erzählt Bruno weiter.

»Wer sind die denn?«

»Eine sektenartige Glaubensgruppe.«

»Aha.« Beim nächsten Donner ertappe ich mich dabei, wie ich mich an Brunos Arm klammere.

»Alles Quatsch. Es gab schon immer irgendwelche Hohlbirnen, die meinten, sie könnten das Ende der Welt vorhersagen. Angefangen mit dem christlichen Sektenführer Montanus, der dachte, es passiert schon 250 n. Chr.«, erzählt er ruhig weiter. Es bringt ihn nicht aus der Ruhe, als Marei sich auf der anderen Seite bei ihm einhakt.

»Oder der Typ, der glaubte, die Beatles sind die apokalyptischen Reiter des Teufels.«

Ich muss lachen. Irgendwo muss die Anspannung ja hin. »Na ja, die sahen schon irgendwie beängstigend aus, mit ihren Pilzköpfen«, überlege ich und denke an die Fotos und Schallplatten, die mir Opa gerne gezeigt hat. Er meinte immer:

Guck mal, min Dirn, das war die erste Boyband der Welt. »Komische Frisur halt«, sage ich.

»Ja, aber sie haben Supermusik gemacht«, meint Marei, die sich die Platten mit mir zusammen anhören musste.

»Help, I need somebody. Help, not just anybody. Help, you know I need someone, help«, singen wir den Anfang des Liedes und entspannen uns ein wenig dabei.

Der Regen ebbt ab und wir kuscheln uns wieder unter die Decken. Und was soll ich sagen? Wir verschlafen den Weltuntergang.

Ich träume, wir befinden uns auf hoher See. Wellen schmeißen unser Boot von einer zur anderen Seite. Und Gischt spritzt uns in die Gesichter. Marei versucht das Segel einzuholen und geht über Bord. Ich versuche sie zu retten, indem ich ihr ein Seil und den Rettungsring zuwerfe. Doch das ist gar nicht so leicht, wenn man sich selbst kaum auf den Beinen halten kann, wenn alles so schwankt. Es ist laut auf dem Meer. Töpfe schlagen aneinander und ich ziehe mir die Decke über den Kopf.

Moment mal! Ich fahre hoch.

»Ein Erdbeben!«, kreischt Marei und stürzt aus der Koje direkt auf Bruno. Der ächzt. Mein Blick hetzt umher. Der ganze Wagen schaukelt. Ein Topf löst sich von seiner Aufhängung und scheppert zu Boden. Die erloschenen Kerzen purzeln herunter und rollen umher. Das Fahrrad fällt um. Ich versuche von der Matratze zu kommen und verheddere mich in der Decke.

»So ein Mist.« Ich stolpere vorwärts. Trete auf eine Kerze und krache auf den Hintern. Der Wagen wackelt noch ein bisschen stärker und mein Hirn versteht nicht, was hier vor sich geht. Ich erreiche den Kutschbock vor den anderen und klettere hinaus. Die Sonne scheint. Es ist windstill und die Natur sieht aus, wie sie aussehen soll. Ich schaffe es von der Kutsche und ich bin einen Moment seekrank, weil der Boden sich so gar nicht bewegt. Kein Erdbeben.

»Was ist los?« Bruno kommt mir nach, seine Brille in der Hand. Er rennt in mich hinein.

»Gypsy!« Ich bekomme meinen Mund nicht mehr zu. Das Tinkerpony steht am Heck des Wagens und schubbert sich genüsslich den Hintern. Sie sieht völlig entzückt aus, als sie ihre dicke Pobacke immer wieder über die Kante rubbelt, und verdreht genüsslich die Augen.

»Hahaha.« Marei kriegt sich nicht mehr ein.

»Enorm, was so ein Pferd alles anrichten kann«, meint Bruno. Endlich bemerkt die Stute uns und stellt ihre Attacke auf den Wagen ein. Sie spitzt die Ohren und begrüßt uns mit einem lauten Wiehern.

»Du verrücktes Pony!«, sage ich und eile zu ihr. Sie reibt ihren dicken Kopf freundschaftlich an mir und ich binde sie los. Sie trottet brav neben mir her, lässt sich versorgen und wieder fahrfertig machen. Bruno sieht irgendwie bedrückt aus, während er dem Pony Wasser aus dem Brunnen holt. Und Gypsy spürt, dass er etwas hat. Früher, als wir es tun.

Während ich ihre Hufe auskratze, steht der schlaksige Junge vor dem Pony. Und die Stute beginnt ihn sanft mit ihrer Oberlippe zu kraulen. Marei kommt mit dem Fahrgeschirr.

»Bruno, hilfst du uns?«, frage ich und er versucht zu lächeln.

»Klar.« Er nimmt es Marei ab und legt es über Gypsys Körper. Sie steht ganz still und senkt hilfsbereit ihren Kopf.

»Geht's dir nicht gut?«, will ich von Bruno wissen.

»Doch, doch.«

»Siehst aber nicht so aus.«

»Mit mir ist alles in Ordnung. Aber wir sollten zusehen, dass wir im Zeitplan bleiben«, antwortet Bruno und deutet auf sein Superman-Shirt. »Wir haben ja keine Superkräfte. Und wenn wir nicht schnell genug über die Grenze kommen, dann scheitert unser Vorhaben.«

»Okay, ist schon klar. Aber warum ziehst du ein Gesicht wie drei Tage Regenwetter?« Blöder Vergleich. Es hat ja gestern Nacht für drei Tage geregnet.

»Die Last des Ringträgers«, meint er knapp und ich grüble über die Geschichte *Herr der Ringe* nach, in der Frodo den Ring der Macht ganz alleine vernichten muss. Und es ihm beinahe sein Leben und das vieler anderer kostet.

Ich frag nicht weiter nach. Vielleicht hat er ja auch nur Heimweh.

Wir fahren, bis die Mittagssonne hoch am Himmel steht und wir vor Hitze und Hunger fast umkommen. Als wir ein Waldgebiet entdecken, in dem es kühl und einsam ist, beschließen wir zu rasten. Das Geäst der Bäume bildet ein herrschaftliches Dach über uns und spendet Schatten. Gypsy bleibt angespannt und bekommt einen Futtereimer vor die Nase. Doch sie rupft lieber die Zweige von einem Busch.

»Ich könnte ein ganzes Schwein verdrücken«, meint Bruno und reckt sich. »Was gibt es zu essen?«

»Ravioli!«, zwitschert Marei wie ein Vögelchen.

»Schon wieder?«, fragt Bruno und ich werfe ihm einen vielsagenden Blick zu.

»Marei hat nichts anderes mitgebracht.«

»Wie wäre es, wenn wir sie heute mal warm genießen?«, schlägt Bruno vor. »Ich hab in einer Schublade im Wagen einen Feuerstein und Pyrit gefunden. Damit haben schon die Leute in der Steinzeit Feuer gemacht.«

»Und wie geht das?«, frage ich misstrauisch.

»Es ist eigentlich ganz einfach: Man schlägt den Feuerstein an den Pyrit und dann entstehen Funken.«

»Na, dann, Superman, zeig mal, was du kannst!«, fordere ich ihn auf.

Bruno sammelt eifrig trockenes Holz und Marei hilft ihm. Ich staple Steine auf sandigen Grund, damit die Feuerstelle eingedämmt ist und nicht auf den Wald übergreift. Es sieht wirklich gekonnt aus, wie Bruno das Holz schichtet und mithilfe der Steine versucht Funken zu erschaffen. Marei schleppt die Tasche mit den Dosen und anderen Lebensmitteln zur Feuerstelle. Ich lasse mich neben sie auf den Boden plumpsen und finde eine Packung Kekse, aus der ich mir einen nehme.

Bruno gibt alles. »Man braucht auf jeden Fall Geduld«, meint er und pustet in das trockene Laub. Kleinste Funken fressen die Blätter. Trotzdem will das Feuer einfach nicht brennen.

Aus Langerweile krame ich in der Tasche und auf dem

Grund finde ich ein kleines Päckchen. Ich fische es heraus und zeige es stumm Marei, die neben mir sitzt. Ihr Mund formt ein *Oh*, als sie die Streichhölzer entgegennimmt und heimlich eines herausholt.

»Mensch, in den YouTube-Tutorials sieht das immer so leicht aus«, brummt Bruno und angelt nach noch mehr trockenen Gräsern.

»Vielleicht solltest du noch ein paar Blätter hinzufügen?«, schlage ich vor. Als Bruno danach greift, entzündet Marei ein Streichholz und stopft es in das glimmende Laub. Die Flammen schlagen sofort um sich.

»Oh, es hat geklappt!«, freut sich Bruno, als er sich wieder umdreht. Er sieht so glücklich aus, dass mir ganz warm ums Herz wird.

Wir holen einen Topf, füllen die Ravioli hinein und erwärmen sie über dem selbst gemachten Feuer. Sie schmecken so super und füllen unsere knurrenden Mägen.

Plötzlich knacken Äste im Unterholz. Gypsy reißt alarmiert den Kopf hoch und schaut in die Richtung.

»Verdammte Axt!«, schimpft eine Gestalt und schält sich aus den Schatten des Waldes. »Seid's von allen guten Geistern verlassen?«

Ein Förster steht vor uns. Er hat ein Gewehr geschultert und Marei stößt einen erstickten Schrei aus. Seine grüne Mütze ist tief in sein verwittertes Gesicht gezogen.

»Was habt's hier zu suchen?«, fragt er säuerlich und stürzt auf uns zu. »Das ist mein Wald.«

Ich muss auf einmal an Rumpelstilzchen denken. Mein Blick saugt sich an dem langen Bart des hutzeligen Mannes fest.

»Sorry«, presse ich hervor und stehe auf. Der Mann sprüht mit dem Stiefel Sand zu uns herüber. Oder besser zum Feuer, um es zu ersticken.

»Ihr seid's ja völlig gaga! Im Sommer 'n Feuer hier zu machen. Wollt wohl meinen Wald niederbrennen, was?« Er trampelt die Flammen tot. Marei stellt sich hinter Bruno. Gypsy dagegen sieht bereits gelangweilt aus.

»Tut uns leid. Wir dachten, wenn wir vorsichtig sind …«, beginnt Bruno und wird unwirsch unterbrochen.

»Vorsichtig? Du dummer Bub!« Der Förster hopst auf der Stelle.

»Hören Sie mal, Sie brauchen nicht gleich beleidigend zu werden«, sage ich kleinlaut und weiche zurück, als der Mann einen hastigen Schritt auf mich zukommt und dann die Hände schockiert an sein Gesicht legt.

»Nei!«, schreit er schrill und ich stürze beim Ausweichen fast über eine Baumwurzel. Gypsy schaut unbeteiligt zu ihm herüber.

»Euer Gaul ist ja ein mordsmäßiger!«, grunzt der Mann. Ich schaue Bruno und Marei hilflos an. Was hat er denn? Marei zuckt die Achseln. Der Förster zieht scharf die Luft ein und beeilt sich, zum Pferd zu kommen. Jetzt kommt Leben in mich.

»Ihr seid's verdammet!« Gypsy hebt erschrocken den Kopf. Aus ihrem Maul ragt ein junger Zweig eines Busches. Sie vergisst zu kauen.

»Die ganzen jungen Triebe, alles gefressen. Und entwurzelt hat das Ungetüm ihn. Den armen Holunder.« Der Mann wird blass um die Nase. Als er Gypsy den Ast aus dem Maul reißen will, hechte ich dazwischen.

»Fassen Sie mein Pferd nicht an«, sage ich und versuche meine Stimme fest klingen zu lassen. Als die Hand des Försters an sein Gewehr wandert, sackt mein Magen in die Kniekehle.

»Weg mit euch, ihr Vagabunden!«, kreischt der Mann. »Sofort oder es passiert was!«

Hektisch springe ich auf den Kutschbock und verliere beinahe meinen Hut. Die anderen beiden folgen mir gehetzt. Bin ich froh, dass wir Gypsy eingespannt gelassen haben.

»Und kommt's nie wieder, hört's mich? Nie wieder!« Rumpelstilzchen hätte nicht besser toben können, als man seinen Namen erriet. Ich schaue nur kurz zurück und erhasche den Anblick, wie der Förster wütend in die Glutreste unseres Feuers springt und es erstickt. Auch unseren Topf und die Tasche mit den Lebensmitteln tritt er vor sich her. Gypsy macht einen Satz nach vorne. Die Kutsche ruckt und Bruno hält Marei fest, damit sie nicht hinunterfällt. Wir brechen durch Geäst, walzen ein winzige Birke nieder und kommen auf die Straße.

»Gott, was war das denn?«, stößt Marei schockiert aus.

»Ich denke, das war ein wütender Oger«, scherzt Bruno, der seinen Arm um meine Freundin geschlungen hat.

»Nein, das war einfach nur Scheiße. Wir hätten niemals ein Feuer machen dürfen, jetzt sind fast alle unsere Lebensmittel weg.«

Bruno wird blass. »Willst du jetzt sagen, dass es meine Schuld ist?«

»Ich will damit sagen, dass du uns nicht gerade Glück bringst.«

Gypsy ist nervös. Sie ist viel zu schnell und stemmt sich mit Kraft ins Kutschgeschirr. Ich habe Mühe, sie zu bändigen.

»Wer hätte denn damit rechnen können, dass wir in dem Revier eines verrückten Försters Pause machen?«, versucht Marei zu schlichten. Die Kutsche rumpelt durch ein Schlagloch und ich denke fast, die Achse bricht. Das wär's jetzt ja noch!

Die Frage, ob die irischen Traveller sich damals auch so gefühlt haben, schießt mir durch den Kopf. So vertrieben. So aufgeschreckt.

Mein Herzschlag beruhigt sich mit Gypsys gleichmäßigem Hufschlag. Doch das hat sich erledigt, als wir merken, dass wir in die falsche Richtung gefahren sind.

»Sag mal, waren wir hier nicht schon mal?«, formuliere ich die vorsichtige Frage und deute auf eine mächtige Trauerweide. Ihr Geäst ragt weit über den Kopfsteinpflasterweg.

»Oh, oh.« Bruno holt die Karte von hinten und faltet sie auseinander.

»Verdammt. Das darf doch alles nicht wahr sein«, murrt Marei und vergräbt ihr Gesicht in den Händen.

»Wehe, du heulst jetzt«, sage ich, weil mir selbst gerade danach ist. »Alles nur wegen dieses Verrückten.«

»Wir können hier nach rechts und an den Schienen entlang, wie ich zuvor den Damen schon vorgeschlagen habe«, meint Bruno und zuckt zurück, als ich ihn giftig anschaue.

»Na gut, dann fahren wir, wie der Herr es meint.«

Wir biegen ab, fahren parallel neben den Schienen. Alles ist still. Kein Zug weit und breit. Der Himmel verdunkelt sich, ebenso wie unsere Stimmung.

»Wenn wir es wagen und ein Stück die Hauptstraße fahren, dann sparen wir noch mehr Zeit. Jetzt, wo wir kaum noch Lebensmittel haben …«

Ich frage mich, warum er unbedingt so schlimme Sachen sagen muss. Hunger ist ein Problem für mich und ich habe so gar keine Lust, darüber nachzudenken.

»Du bist ein wahrer Schatz. Man möchte dich am liebsten vergraben«, antworte ich und lasse aus Versehen die Zügel auf Gypsys Po klatschen. Sie bockt empört und legt die Ohren an.

»Weißt du, dass du ganz schön garstig bist?«, fragt mich Bruno und verschränkt die Arme vor der Brust. Jetzt guckt er demonstrativ in die andere Richtung. »Immerhin hab ich euch auf den richtigen Weg gebracht. Von Anfang an«, erinnert er mich.

»Das hätten wir auch alleine geschafft.« Irgendwann.

»Wie das denn, wenn ihr keine Karten lesen könnt?«, fragt er.

»Ich verlasse mich da ganz auf meine Sinne, die haben mich noch nie im Stich gelassen.« Damals, als ich mich auf Embla im Wald verirrt habe, zum Beispiel. Da wusste ich aus dem Bauch heraus, wo es nach Hause ging.

»Deine Sinne? Irrsinn ist damit sicher nicht gemeint«, feixt Bruno und Marei, die den Schlagabtausch interessiert von hinten beobachtet, grinst.

»Ich möchte, dass du einfach zugibst, dass du dich gerade irrational mir gegenüber verhältst. Ich weiß, dass solche Reaktionen bei Frauen vorkommen können«, meint Bruno altklug und nun gucken Marei und ich ihn schief an.

»Lass mich raten, du hast da mal was drüber gelesen?« Ich funkle ihn böse an. Und genau in dem Moment, in dem ich ihm am liebsten einen Schubs vom Kutschbock geben will, rast ein Güterzug von hinten heran. Gypsy legt die Ohren an und lauscht. Der Krach ist ohrenbetäubend, als er so plötzlich an uns vorbeidonnert. Ein Ruck geht durch die Kutsche. Marei, die hinter uns im Wagen hockt, fällt rücklings zu Boden. Ich kralle mich in die Zügel und Gypsy geht durch.

»Scheiße!«

»Mach doch was!«, kräht Bruno und hält sich krampfhaft an der Rückenlehne fest.

»Versuch ich ja.« Ich ziehe an den Zügeln, Gypsy reißt den Kopf hoch, beschleunigt aber nur ihre Galoppsprünge. Der Zug fährt an uns vorbei und rauscht auf den Schienen davon.

»Brrrrr!«, rufe ich über den Tumult. »Gypsy, hola.«

Die Stute wiehert schrill und springt von links nach rechts, als versuche sie, dem Ungeheuer neben sich auszuweichen.

»Ruhig!« Meine eigene Stimme gerät schrill, als ich sehe, dass der Weg vor uns schmaler wird und in einer hölzernen Brücke endet, über die man auf keinen Fall im Galopp mit der großen Kutsche kommt.

»Wir werden alle sterben!«, kreischt Marei, als sie es wieder auf die Beine schafft.

»Werden wir nicht«, entscheide ich. Der Zug entfernt sich. Der Krach wird vom Wind verweht. Für einen Moment rutscht mir mein Hut vor die Augen.

»Gypsy, brrrrr.« Ich lasse die Zügel lockerer und greife sie neu auf, um die Stute zu regulieren. Ihre Ohren bewegen sich abwechselnd in alle Richtungen und sie wird langsamer. Endlich lässt sie sich von mir beruhigen und beginnt zu schnauben. Ein gutes Zeichen. Sie geht in einen leichten Trab über. Die Brücke kommt immer näher. Ich kann die Stute nur noch möglichst gerade darauf zusteuern. Und schon donnern ihre Hufe auf das Holz. Marei quiekt. Bruno reißt die Augen auf. »Das passt nie!«

Gypsy trabt fröhlich weiter und die Kutsche wankt über die Bretter. Ich halte die Luft solange an, bis wir von der Brücke runterrollen und wieder auf den Sandweg gelangen. Danach geht Gypsy im Schritt, als wäre nichts gewesen.

»Puh, das war knapp.« Bruno stößt hart die Luft aus. Seine Haare kräuseln sich in der Stirn, so hat er geschwitzt. Und seine Brille sitzt schief auf der Nase.

»Eng, würde ich sagen«, mischt Marei sich ein.

»Eng ist ein dehnbarer Begriff. Hat doch gepasst«, antworte ich mit zitternder Stimme und richte mir meinen Hut.

Marei kichert ihre Anspannung einfach weg und ich muss dringend auf Toilette. Ich hätte mir nämlich fast in die Jeans gemacht.

7

BRUNOS BILDER

Wir kommen in einen kleinen Ort. Und da wir keine Chance haben, ihn großräumig zu umfahren, beschließen wir, etwas einzukaufen. Denn wenn wir alle so unangenehm werden wie ich, wenn ich Hunger leide, dann kann das was werden.

Bruno bleibt bei Gypsy in der Nähe eines Wäldchens. Ich muss zugeben, ganz wohl ist mir nicht dabei, ihn alleine zu lassen. Aber die Furcht, dass Marei von unserem letzten Geld nur Ravioli kaufen könnte, ist größer. Und Brunos EC-Karte hilft uns nichts. Denn unser Krimiexperte meint, dass man durch die Benutzung unseren Standort finden könnte.

Ich schwinge mich auf mein Rad und Marei nimmt auf dem Gepäckträger Platz.

»Also, Bruno. Tu nichts, was ich nicht auch tun würde«, rufe ich dem Jungen zu und er tippt sich zum Gruß an die Stirn.

»Macht euch keine Sorgen.« Er winkt.

»Ich sorge mich aber«, brumme ich und fahre an.

»Das hab ich gehört.«

»Solltest du auch.«

Bruno lacht und streichelt Gypsys großen Kopf.

»Du denkst wirklich, man ist ohne dich aufgeschmissen, oder?«, fragt Bruno.

»Na klar.«

»Du bist toll, Klara. Und ich bewundere deine Naivität.«

Ich trete fest in die Pedale und Marei legt ihre Arme um meine Mitte.

»Hast du gehört? Bruno findet mich toll.« Das gefällt mir irgendwie.

»Ja, hab ich.«

»Und er bewundert meine Naivität. Das ist was Gutes, oder?«

Marei lacht. »Nein, eigentlich nicht.«

Ich runzle die Stirn und weiche einem Schlagloch aus.

»Nicht?«

»Naiv zu sein bedeutet so viel wie dumm oder leichtgläubig zu sein«, erklärt Marei erheitert.

»Was?« Das ist ja wohl eine Frechheit! »Er denkt, ich bin dumm? Na warte.« So ein Ochse, der wird sich noch wundern.

»Ich glaube, es war gar nicht mal böse gemeint«, sagt Marei hinter mir.

»Wie kann man eine Beleidigung denn nett meinen?«, frage ich und ärgere mich ganz schön.

Wir fahren über eine Kreuzung und biegen in Richtung Ort ab.

»Ich bin ganz eindeutig dafür, dass wir ihn aussetzen. Irgendwo, mitten in der Nacht. Dann sehen wir mal, wer hier doof ist«, brumme ich. Die abenteuerlichsten Pläne setzen sich in meinem Kopf zusammen. Bruno gefesselt an einem Laternenmast. Bruno samt Schlafsack auf einer Wiese. Bruno mitten auf einem See treibend in einem alten Ruderboot.

»Sei nicht so streng mit ihm, ich finde, er macht sich ganz gut in unserem Abenteuer.« Marei kitzelt mich.

»Hm«, ist alles, was mir dazu einfällt.

Endlich erreichen wir einen Supermarkt. Mein T-Shirt klebt an meinem Rücken, so sehr hab ich geschwitzt vom Radfahren. Marei ist nur halb so leicht, wie sie aussieht.

»Und, wie viel Kohle hast du noch?«, fragt sie mich und stochert mit einem Finger in ihrer Geldbörse herum. Ich ziehe einen Fünf-Euro-Schein aus meiner Hose.

»Nur den.«

»Okay, gar nicht mal übel. Damit haben wir neun Euro. Auf geht's.«

»Warte mal«, sage ich und bleibe vor einem Stand mit Postkarten stehen. Auf einer ist das türkisblaue Meer und ein Strand zu sehen. Ich zücke mein Handy, stelle es an und fotografiere es ab.

»Das passt ja super«, freue ich mich, tippe einen Text dazu und sende es an Mama.

»Gute Idee, muss ich dir lassen«, stimmt Marei mir zu und schickt ihrerseits ein altes Bild vom unserem Hof und mir an ihre Eltern. Sollen die ruhig glauben, wir sind gerade fleißig am Ausmisten. Einen Moment grinsen wir uns verschwörerisch an und dann betreten wir den Laden.

Marei kann es nicht lassen, eine Dosenravioli einzupacken. Und ich kann die Hände nicht von den Keksen lassen. Neben ein paar Äpfeln, etwas Brot und Käse packen wir auch eine große Flasche Cola ein. Die kauft mir Mama nämlich nie und da wir eh gerade kriminell sind, kommt es darauf auch nicht mehr an.

Die Kassiererin, eine junge Frau mit rabenschwarzen Haaren, betrachtet uns neugierig.

»Schicker Hut«, meint sie.

»Danke«, sage ich unsicher, weil ich mir nicht sicher bin, ob ihr Kompliment ironisch gemeint ist.

»Das macht 10 Euro und 23 Cent.« Ihre Stimme klingt im Gegensatz zu ihrer Miene nett. Marei wird ganz unruhig und zählt ihre Münzen.

»Hast dich verrechnet?«, vermute ich und tänzle unruhig neben ihr her. Mir wird augenblicklich unangenehm warm. Ich hatte mich zurückgehalten, als wir alles zusammengezählt haben. Denn auf mein Mathe ist nie Verlass.

»Ja, du Blitzmerker«, brummt Marei.

»Wird's bald?«, fragt die Frau und zuckt auffordernd mit ihren Fingern.

»Ja, Moment. Können wir etwas zurückgeben? Ich hab nur neun Euro.«

»Na? In der Schule wohl nicht aufgepasst, was?«, meint die Frau genervt.

»Thihihi. Addition ist ziemlich nah an der Frustration, oder?«, sage ich unsicher und trete von einem aufs andere Bein. Ich bekomme jedenfalls immer Frust vom Zusammenrechnen.

»Nehmen Sie diese hier zurück«, meint Marei und schnappt

sich meine Kekse. Beinahe gibt es ein Gerangel um die Packung.

»Dann wären wir bei neun Euro und vier Cent.«

»Können wir an dem Preis was machen?«, frage ich mutig. Papa stellt diese Frage eigentlich immer. Beim Tischler, der unsere neue Haustür gemacht hat, und beim Hufschmied, wenn er alle Ponys zusammen bearbeitet hat. Und meist hat er zehn Prozent Nachlass bekommen. Die Kassiererin sieht mich ernst an und beugt sich etwas zu mir herüber. »Klar«, sagt sie.

»Oh, wie schön, danke.« Ich lächle.

»Wir können die Null hübsch ausmalen von 9,04 Euro.«

Mein Lächeln verrutscht und plötzlich mischt sich ein älterer Herr in der ziemlich langen Schlange hinter uns ein.

»Hier, Mädels, da habt ihr 'nen Euro. Aber jetzt beeilt euch. Wir werden ja nicht jünger.«

»Danke schön«, sagen wir beide im Chor und beeilen uns, alles in die Tüte zu bekommen. Bloß weg hier. Peinlicher kann's nicht mehr werden.

»Mann, die war aber fies, oder?«, flüstert Marei und dreht sich noch mal zur Kasse um. Mich beschäftigt derweilen etwas ganz anderes. Ein Bild, das an der Supermarktpinnwand hängt.

Mir fällt die Zwei-Liter-Colaflasche aus der Hand und sie springt über den Boden. Ihr Inhalt schäumt wie verrückt.

»Toll, die kannst du jetzt für Stunden nicht mehr öffnen, ohne dass der Inhalt bis ins Weltall schießt«, mault Marei.

»Kannst du mal den Mund halten?«, frage ich und lasse die Flasche weiterrollen.

»Nö, wozu hab ich denn dann einen, wenn ich nicht sagen darf, was ich denke?«

»Marei, guck doch einfach mal.« Ich nicke zur Seite und sie wird blass.

»Oh nein«, stöhnt sie. »Das musste ja kommen.«

Ich lese: *Vierzehnjähriger Junge wird gesucht. Bruno Hildebrand wird seit dem 7. August vermisst. Er ist 1,70 cm groß, hat braunes Haar und trägt ein Superman-T-Shirt und eine Brille. Hinweise bitte an die Polizei.*

»Ich wusste gar nicht, dass Bruno so groß ist«, staunt Marei.

Mit weichen Knien hebe ich die Colaflasche auf und ziehe sie an ihrem Arm nach draußen.

»Was machen wir denn jetzt?«, flüstert sie. Eine Oma mit Rollator guckt zu uns herüber und kneift die Augen zusammen.

»Keine Ahnung«, gebe ich zu und weiche dem strengen Blick der alten Frau aus.

»Also müssen wir Bruno jetzt tatsächlich unauffällig loswerden?« Mareis Frage geht in einem weiteren Anflug von Panik unter, als ich noch ein Bild von Bruno an einem Kiosk sehe. Und auf der Seite einer Zeitung, die ein Mann auf einer Bank liest. Ich gehe auf weichen Beinen zum Rad. Mein Blick huscht unruhig umher in der Erwartung, noch mehr zu entdecken. Marei findet eines von Brunos Bildern im Papierkorb vorm Laden und fischt es heraus.

»Das ist aber echt unvorteilhaft, oder?«

»Brunos Foto oder die Tatsache, dass es den Steckbrief gibt?«

»Beides.«

»Also, sag schon, Klara. Was machen wir jetzt?«, will meine Freundin ausgerechnet von mir wissen.

»Ich sag doch, ich hab keinen Plan.« Zufälligerweise stehe ich gerade völlig neben mir. Und was soll ich sagen? Es ist *nicht* schön hier. Ich würde lieber wieder Herr über meine Sinne sein. Ich stoße mir mein Knie heftig, als ich die Tüten an den Lenker hänge.

»Er wird das bestimmt verstehen. Es geht schließlich um

Gypsy. Um das große Ganze.« Marei zupft an meinem Jackenärmel. »Hallo? Erde an Klara.«

Ich versuche die Tüte am Lenker zu befestigen. Marei nimmt die Flasche und setzt sich auf den Gepäckträger. Ungelenk fahren wir los. Ich bin so nervös, dass wir fast umkippen.

»Oder wir informieren seine Eltern, dass es ihm gut geht? Oder wir verstecken ihn einfach. Oder …«

»Marei, sei mal leise. Ich kann meine eigenen Gedanken nicht hören«, zische ich und fahre in die Kurve. Ein Auto hupt.

Es gleicht einer Akrobatiknummer, die Einkäufe und die aufgeregte Marei zurück zur Kutsche zu fahren. Bruno wartet mit der Nase in einem Buch auf uns. Ich wünschte, ich wäre auch so entspannt wie er. Doch seine Ruhe wird sich wohl gleich verabschieden.

»Hey, da seid ihr ja schon«, meint er und schaut auf.

Die Tüte an meinem Lenker schlenkert gefährlich. Marei springt vom Rad und ich bremse scharf.

»Geh in die Kutsche, sofort!«, brüllt Marei ihm entgegen und wedelt mit den Händen.

»Was?« Er klappt sein Buch zu und rührt sich nicht. Gypsy blickt in unsere Richtung und wiehert fröhlich.

»Hat dich wer gesehen?«, frage ich und schleppe die Tüte zu ihm. Er nimmt sie mir ab und ächzt unter dem Gewicht.

»Nein, wieso?«, fragt er.

»Na, was glaubst du wohl? Du wirst steckbrieflich gesucht, Alter. Deshalb. Der ganze Ort weiß wahrscheinlich, wie du aussiehst und dass du auf Superman abfährst«, erklärt Marei aufgeregt.

»Das ist ungünstig«, meint Bruno ernst und geht vor mir her. Ich schnappe mir das Rad.

»Da sagst du was Wahres. Erklär mir lieber, was zum Geier wir jetzt machen sollen! Als wären wir nicht eh schon ein bunter Hund.«

»Bunter Hund?« Marei guckt mich komisch an, während wir das Rad wieder durch den Hintereingang der Kutsche hieven.

»Na, wir sind auffällig, meine ich.«

»Ach so.«

»Na, was sollen wir schon machen? Wir fahren einfach weiter«, meint Bruno locker. Wie kann der so ruhig sein?

»Vielleicht solltest du dich lieber stellen?«, wirft Marei ein. Brunos Blick verfinstert sich. Gypsy vor dem Wagen seufzt laut, als hielte sie gar nichts von der Idee.

»Ihr wollt mich also loswerden?« Bruno stemmt die Arme in die Seite, nachdem er die Tüte abgestellt hat. »Also, so viel zum Thema ›Die drei Musketiere‹. Einer für alle und nichts für ungut, oder was?«

»Ach, Bruno, so ist das doch nicht«, antworte ich etwas hilflos. Im Grunde genommen hab ich ihn schon fast gerne. Und wünsche ihm nichts Böses. Und Ärger bekommt er so oder so, weil er abgehauen ist. Jetzt oder später. Genau wie wir.

»Ihr glaubt doch nicht, dass ihr nicht auch längst gesucht werdet, oder? Zumindest das Pferd und der Wagen sind bestimmt als gestohlen gemeldet.«

»Sicher. Aber ganz bestimmt nicht steckbrieflich.« Marei hält ihm das Zeitungsbild von ihm unter die große Nase. Bruno sieht erschrocken aus.

»Oje. Dieses Bild ist so ätzend. Meine Mutter hat es letzten Frühling vor unserem Haus aufgenommen. Und sie hatte mir vorher so einen komischen Haarschnitt verpasst, ehrlich, das war ein schlimmer Tag.«

Ich nehme ihn am Arm und schiebe ihn vor mir her. »Ist ja auch egal. Hopp, hopp auf den Wagen und ab geht die Post!«, kommandiere ich.

Gypsy ist froh, wieder laufen zu können. Sie schüttelt ihre lange Mähne und spitzt ihre Ohren. Wir anderen reden uns weiter die Köpfe heiß, ob wir Bruno gegen seinen Willen am nächsten Bushäuschen fesseln und zurücklassen. Er schwört, dass er uns verpfeifen wird und unser Ziel der Polizei nennt, wenn wir das tun. Ich glaube ihm nicht. Dennoch will ich ihn bei uns behalten. Wer weiß, wozu er noch mal gut sein wird?

Als Vorleser der Tagebücher ist er jedenfalls unschlagbar. Das erste haben wir schon fast zur Hälfte geschafft. Ich weiß nicht, ob er versucht, uns damit zu bestechen, aber ohne ihn erfahren wir auch nicht den Ausgang von Esmes Geschichten. Und dafür sind Marei und ich viel zu neugierig. Also beginnt er zu lesen:

5. Oktober 1898

Gypsy war an einen Baum gebunden, als unser Track an einem Waldrand pausierte. Seine Ohren spielten lebhaft und trotz der abgewetzten Scheuklappen, die die Hälfte seines Gesichts verbargen, konnte ich sehen, dass er kluge Augen hatte. Ich ging zu ihm. Er stampfte mit einem Huf auf. Vorsichtig streckte ich meine Hand aus. Es war das erste

Mal, dass er nicht zurückwich, sondern seinen warmen Atem auf meine Haut pustete.
Ich bekam zuerst nicht mit, dass Fremde sich unserem Lager näherten. Alles war so friedlich. Tante Elsa schälte unweit von uns vor dem Wagen Kartoffeln. Ein Baby spielte vor ihr im Sand. John verzierte mit roter Farbe seinen Wagen. Die Vögel sangen ein Lied und der Wind war mild. Doch mit den Fremden kam das Unheil.
Gypsy spürte die Bedrohung, die plötzlich in der Luft lag, zuerst. Leila, die gerade Wasser von einem Brunnen holte, erstarrte und ließ den Eimer fallen. Das Wasser nässte ihre Füße. Dann rannte sie zu ihrer Kutsche und rief ihren Mann, der gerade ein Schläfchen machte. Ich wirbelte herum. Die Bauern hatten Waffen. Schlagstöcke und ein Gewehr. Was sollte ich nur tun?
»Wir müssen hier sofort weg. Die Bauern bringen uns sonst um!«, schrie jemand. Gleichzeitig wurde ein Warnschuss von ihnen abgegeben und ich zuckte zusammen. Gypsy hinter mir sprang zurück, riss an dem Zügel, mit dem er am Baum festgebunden war. Aus unserem Wagen drang ein jämmerliches Weinen. Das war meine kleine Schwester Mara, die da weinte.

»Gebt uns den, den ihr Tinker Jo nennt!«, forderte ein Mann mit langen Bart und Narben im Gesicht.
»Hier gibt es niemanden mit diesem Namen«, antwortete mein Onkel Alfons und baute sich mutig vor ihm auf. Ich kannte die Wahrheit. Ich wusste genau, in welchem Wagen Jo sich befand und in welchem Geheimversteck er sich verbarg. Unter dem Bett gab es einen Hohlraum, den er sicher nutzte.
»Wir brennen hier alles nieder, wenn ihr den Mann nicht umgehend aushändigt«, donnerte jemand los. Das Fohlen von Onkel Alfonsos Stute sprang erschrocken zur Seite und legte die Ohren an. Ich vergaß, wo ich selbst stand. Meine Beine wichen wie von selbst rückwärts in Richtung Gypsy, bis ich schutzsuchend an seinem Körper lehnte.
Dann überschlugen sich die Ereignisse. Unsere Stammälteste Nana kam aus ihrem Wagen und ging zu den Männern. Sie spuckte ihnen vor die Füße und verriet das Versteck des Gesuchten. Er hatte bei einem Viehhandel betrogen und anschließend einen Mann getötet. Aus Notwehr, wie er beteuerte. Das hatte ich mit angehört und Mitleid mit ihm gehabt. Doch jetzt gefährdete er uns alle. Jede Frau, jedes Kind.

»Ich kenne die Zukunft«, sagte Nana ernst, als ihre Söhne protestierten. Sie waren wütend, dass ihre Mutter einen von uns ausgeliefert hat. Es wurde von Ehre gesprochen und von Gesetzen der Sippe. »Wenn wir ihnen nicht geben, was sie wollen, sterben viele. So wird nur er sterben.« Nanas Stimme war schneidend. Ein Raunen ging durch unsere Gruppe. Mama, die auf den Stufen unseres Wagens stand und meine Schwester auf dem Arm trug, weinte.

»Deine Karten haben dich belogen, Nana«, schimpfte Rina, die Frau von Jo, dem Unglücklichen, der jetzt aus seinem Versteck gebracht wurde.

»Nein, Jo, nicht«, kreischte sie und warf sich zwischen die Männer und ihren Geliebten. Ihr schwarzes Haar wirbelt dabei um ihren Kopf. »Ich bitte euch, es war ein Unfall. Die Dorfleute haben ihn angegriffen. Er hat sich doch nur gewehrt.« Ihre Verzweiflung schnürt mir den Atem ab. Jemand von uns hielt sie zurück, als Tinker Jo einen Hieb mit dem Schlagstock bekam und abgeführt wurde.

»Sie werden ihn einfach aufknüpfen, Nana«, keifte Rina unserer Ältesten zu. »Tu was.«

»Was soll ich da machen, Kindchen?«, fragte die alte Frau kraftlos und hüllte sich in ihren bestickten Schal. Ihre

Augen waren halb blind und doch verließ sich jeder von uns auf ihr Zweites Gesicht. Sie hatte doch immer Antworten. Oder nicht?

»Da hilft kein Kraut, kein Wort und Wunsch«, hörte ich sie nur sagen, als sie zurück in ihren Wagen ging. Rina sank auf den Boden, ihr Flehen füllte mich aus.

»Verschwindet hier, ihr faules Pack!«, rief einer der Bauern uns ungerührt zu, während sie Jo vor sich hertrieben. »Sonst holen wir uns noch jemanden. Jeden Tag einen.«

Augenblicklich herrschte hektisches Treiben. Pferde wurden wieder angespannt, es wurde Zeit weiterzuziehen. Mein Vater, der wachsam bei den anderen Männern unserer Gruppe gestanden hatte, kam jetzt in weiten Schritten zu uns. Seine Augen wurden groß.

»Esme, komm von dem Pferd weg«, warnte er leise und streckte seine Hand vorsichtig zu mir aus. Ich spürte die Hitze des Pferdekörpers hinter mir. Meine Finger tasteten weiches Fell. Der Wallach rührte sich. Er riss seinen Kopf erst dann hoch, als mein Vater mich mit einem Ruck von ihm fortzog. Und dann stieg er auf seine Hinterbeine und verhedderte sich in einem Zügel.

Ich stürzte in den Dreck. Mein Onkel rannte zu uns. Ich

drehte mich auf den Rücken. Gypsy rollte mit den Augen, Angst spiegelte sich in ihnen. Er erwartet Schläge. Was mochte er schon alles erlebt haben? Er stieg erneut und verfing sich so sehr, dass er stürzte. Er konnte sich kaum noch rühren. Der heftige Ruck an der Trense hätte ihm den Kiefer brechen können.

Ich begann zu weinen. »Papa, hilf ihm!« Die ganze Anspannung kochte in mir über.

»Schneid ihn los«, kommandierte mein Onkel.

»Kommt gar nicht infrage. Ich habe keine anderen Zügel mehr. Die brauch ich«, knurrte mein Vater.

»Tu es. Sonst kommt der nie wieder auf die Beine. Wir brauchen ihn viel mehr. Zügel kann ich dir machen.«

»Der Teufel hat es nicht besser verdient. Soll er sich doch was brechen.« Ich wusste, dass mein Vater das nicht ernst meinte. Es war pure Verzweiflung, die aus ihm sprach.

Mein Blick huschte zur Kutsche. Vor ihr stand der kleine Eimer mit den Kartoffeln, das Schälmesser steckte noch in einer von ihnen. Ich rappelte mich auf, sprintete hinüber, schnappte es mir und stürzte zu dem Wallach, in seiner bedrohlichen Lage. Mit viel Kraft schnitt ich ihn frei. Es war nur eine Bewegung mit der Klinge. Gypsy stöhnte, sprang auf die Beine. Mein Onkel war zuerst bei ihm und fing ihn ein. Er zitterte und ergab sich. Vielleicht, weil ich meine Hand beruhigend an seinen Hals legte. Vielleicht auch einfach, weil er unter Schock stand. Wie ich.

8

GESETZLOS UNTERWEGS

Ich nehme Gypsys Huf auf und kratze mit einem Löffel aus dem Wagen den Dreck aus. Dummerweise haben wir keinen richtigen Hufkratzer eingepackt. Ich bin so froh, dass unsere Stute so gelassen und ruhig ist. Nicht so ängstlich und mordsgefährlich wie das Pferd aus dem ersten Tagebuch.

»Und? Warum humpelt sie?«, fragt Bruno angespannt und ich stöhne unter dem Gewicht des Ponys. Die Stute ist nicht gerade hilfsbereit. Fast könnte man meinen, sie legt ihr halbes Gewicht auf dieses Bein und lässt sich von mir tragen.

»Keine Ahnung«, sage ich und kratze weiter. »Oder, doch! Hier klemmt ein spitzer Stein.«

Vorsichtig löse ich ihn. Er hat sich in den Strahl, den weichen Teil in der Hufmitte, gebohrt.

»Ist es schlimm?«, will Bruno wissen. Gypsy dreht ihren Kopf und stupst mich am Rücken.

»Ich glaube nicht.« Ich bekomme ihn raus.

»Okay, lass sie noch mal laufen«, fordere ich Marei japsend auf. Sie nimmt die Stute mit sich auf den einsamen Weg, auf dem wir uns befinden, und lässt sie erneut antraben.

»Puh, Glück gehabt. Es war nur der Stein, der sie gepikt hat.« Ich wische mir den Schweiß von der Stirn und winke Marei zu uns und der Kutsche.

»Sehr gut. Dann kann es ja weitergehen«, meint Bruno zufrieden und tätschelt der Stute den Hals. Sie sieht Bruno intensiv aus ihrem blauen Auge an. Ich finde sie wunderschön, wie sie dasteht und den Jungen betrachtet, als wolle sie sein Wesen ergründen.

Wir hatten viele weitere Kilometer geschafft, bis Gypsy begann zu lahmen. Und wir wollen ab hier eine Route einschlagen, bei der wir lange nicht mehr an Städten vorbeikommen würden. Und genau das macht mir Bauchschmerzen, weil die Lebensmittel wieder ausgehen.

»Du siehst nicht gerade froh aus«, stellt Bruno fest und übergibt mir das Zaumzeug für Gypsy.

»Bin ich aber total.« Froher geht's nicht, denke ich besorgt.

Er hebt seine Augenbrauen. »Na, dann sag das mal deinem Gesicht«, antwortet er und ich streichle Gypsy, als sie zu mir kommt. Marei besticht Gypsy mit dem letzten Apfel und bringt sie vor den Wagen. Sie lässt sich brav anspannen. Marei flicht ihre Mähne und steckt frische Blumen hinein. Bei all der Schönheit. Mein Magen grummelt und das lässt mich den Mut finden, die Gedanken, die ich mir schon länger mache, endlich auszusprechen: »Etwa einen Kilometer weiter ist ein kleiner Ort. Dort könnten wir uns in einem Laden mit Lebensmitteln versorgen.«

»Du bist witzig, mit welchem Geld denn?«, fragt Marei.

»Na ja, ich meine ohne Geld. Wir müssen das Essen klauen«, höre ich mich selbst sagen und gleichzeitig wird mir ein bisschen schlecht. Gypsy ist komischerweise die Erste, die mich seltsam anguckt. Bei den anderen dauert es etwas, bis die Botschaft ankommt.

»Was willst du?«, fragt Bruno.

»Uns versorgen.«

»Aber doch nicht so.«

»Wie denn sonst?«

»Du hast wohl gestern gar nichts aus Esmes Geschichte gelernt, oder?«, fragt Marei und bläst sich eine blonde Strähne aus dem Gesicht.

»Doch, ich weiß jetzt, dass man alles tun muss, um zu überleben.« Oder so in etwa.

»Diebe werden wie Betrüger gehängt.« Bruno stemmt die Hände in die Hüften, wie Mama es tut, bevor sie mir eine Standpauke hält.

»Erstens: heute nicht mehr. Zweitens: Wir sind noch nicht strafmündig, bedeutet, so schnell geht man nicht ins Gefängnis. Und drittens: Wir überfallen ja nicht mit Waffengewalt eine Bank, sondern werden nur ein paar Lebensmittel mopsen. Und später, wenn Gypsy in Sicherheit ist, können wir es ja bei dem Laden wiedergutmachen.« Ich finde, das klingt halb so wild. Bruno zieht scharf die Luft ein. »Außerdem geht es nicht anders!«

»Da bin ich mir jetzt nicht sicher, wie sich das mit dem Karma verhält«, überlegt Bruno.

»Na, ein Leben ist sicher wichtiger als ein paar Lebensmittel. Und wenn wir nichts zu essen haben, scheitert unsere Mission, da hat Klara schon recht. Dann war alles umsonst und Gypsy stirbt«, fasst Marei zusammen. Stille dehnt sich zwischen uns aus und meine Gedanken rasen. Ab wann heiligt der Zweck die Mittel? Und kann man nicht nach einer Sünde Buße tun und damit davonkommen? Engelchen und Teufelchen sitzen auf meinen Schultern und streiten sich heftig.

»Hast du denn schon mal was geklaut?«, will Marei von mir wissen und sieht aus, als würde sie gleich heulen.

»Als ich zwei war.« Aber das war ein Versehen und Mama hat den Lolli wieder zurückgebracht, als sie es gemerkt hat.

»Früh übt es sich, was?« Brunos Haltung gefällt mir nicht. Er sieht mich irgendwie an wie Oma, wenn ich ein Schimpfwort benutzt habe. Oma ist übrigens der Meinung, man sollte sich den Mund mit Seife waschen, wenn man geflucht hat. Glücklicherweise sehen meine Eltern das anders. Seife schmeckt zum Kotzen.

»Also, hör mal. Jetzt werd mal nicht morastisch«, sage ich, um mich zu verteidigen. Ich hab wirklich Bauchweh, nicht nur vor Hunger.

»Du meinst moralisch?«, berichtigt mich Bruno, der Klugscheißer.

»Ja, genau.«

»Moral ist der Stützpfeiler jeder zivilisierten Gesellschaft.« Jetzt hebt der doch allen Ernstes den Zeigefinger. Ich schnappe nach Luft.

»Aber essen willst du auch, oder?« Das müssen die beiden doch verstehen, ich will ja nicht aus Spaß Mist bauen.

»Moral hin oder her. Klara hat recht, wir brauchen mehr

Verpflegung. Wenn wir auf dem Weg nach Holland verhungern, haben wir alle verloren«, sagt Marei. »Wir haben keine andere Wahl.«

»Da hörst du es, Mister Moralapostel. Du kannst ja wie Gypsy Gras fressen, dann brauchen wir nicht mit dir teilen. Aber ich für meinen Teil brauche Brot.«

Bruno beginnt wieder zu schwitzen. Wie immer, wenn er sich aufregt. »Die Zellulose im Gras ist für uns Menschen nicht verdaubar. Das bedeutet, wir bekommen Durchfall.«

»Oh, Mann. Natürlich ist das so.« Na ja, zumindest ist mir klar, dass Gras nicht auf unserem Speiseplan steht.

»Okay. Ich hab einen Plan«, mischt Marei sich ein, während sie die Schnalle von Gypsys Gurt schließt.

»Ich habe noch etwa einen Euro. Mit dem werde ich etwas kaufen und somit für Ablenkung sorgen.«

»Das ist irre«, knurrt Bruno. »Ich mach da nicht mit.«

»Also doch Gras für dich?« Ich strecke ihm die Zunge raus.

»Kommt schon. Ich hab euch doch gesagt, ich möchte Anwalt oder Richter werden. Wie macht sich das denn in meinem Lebenslauf?« Bruno sieht ziemlich verzweifelt aus.

»Meister, du steckst doch schon bis zum Hals im Sumpf. Wir sind mit einer geklauten Kutsche unterwegs. Und jetzt erzähl mir nicht, du bist ein Entführungsopfer«, erinnere ich ihn. Bruno steigt auf den Kutschbock. Sein Mund klappt immer mal wieder auf, ohne dass ein Ton seine Lippen verlässt.

»Ich würde sagen. Alle für einen, einer für alle«, zwitschert Marei und setzt sich neben ihn.

»Für Gypsy!«, stoße ich aus.

»Für Gypsy!«, antworten Marei und auch Bruno, bevor ich mit der Zunge schnalze und Gypsy den Wagen anzieht. Leise klimpern die Töpfe und ich bin so aufgeregt, dass ich platzen könnte.

»Also gut, dann wagen wir es. Ich nehme an, ich bleibe sowieso bei Gypsy.« Bruno sieht erleichtert aus, als ich nicke. Leider muss jemand beim Pony bleiben. Und leider wird nun mal der Junge unter uns steckbrieflich gesucht.

Wenig später ist es so weit. Ich fühle mich wie Jesse James. Oder mit Marei wie Bonnie und Clyde, eines der berühmtesten Verbrecherpärchen. Wir lassen Bruno, der sich fast ins Hemd macht, mit Gypsy zurück und fahren alleine ins Dorf. Mein Herz schlägt mir bis zum Hals. Und auch wenn ich mittlerweile weiß, dass der Weihnachtsmann mich für meine

Tat nicht zur Rechenschaft ziehen wird, habe ich trotzdem Angst vor möglichen Folgen.

»Bereit?«, fragt Marei. Ihre Wangen glühen.

Ich nicke verbissen. »Benimm dich ganz natürlich.«

Wir betreten einen kleinen Laden. Der Kassierer schaut nur gelangweilt auf und spielt dann mit seinem Handy.

»Guten Tag«, sagt Marei. »Schönes Wetter heute, oder?«

Was versteht die denn unter *benimm dich ganz natürlich*, möchte ich sie fragen.

»Sieht nach Regen aus«, antwortet der Mann mit Zopf, ohne aufzuschauen. Ich schlendere in den ersten Gang hinein, vorbei an Getränken und Klopapier. Dann komme ich ans Kühlregal. Beinahe vergesse ich, wie man Dinge an sich nimmt. Meine Finger wollen die Butter und Aufschnitt nicht greifen.

»Ich mag Regen sehr. Er hat eine beruhigende Wirkung, wenn er an die Fensterscheiben tropft, nicht wahr?«, höre ich Marei sagen. Ich filtere die Aufregung aus ihrer Stimme heraus.

Endlich stecke ich Lebensmittel unter meine Jacke. Dann gehe ich zum nächsten Regal und stopfe Gebäck in die Taschen.

»Das Einzige, was ich an Regen mag, ist, dass danach Sonnenschein kommt«, brummt der Verkäufer. Ich spähe zu ihm hinüber. Seine Stirn glänzt im Licht der Lampe über ihm. »Suchst du was Bestimmtes, Kleine?«, fragt er Marei und ich befürchte, dass er von seinem Platz an der Kasse aufstehen könnte. Dann würde er vielleicht sehen, dass ich die blöde Tütensuppe nicht in die Jackentasche bekomme.

»Nein, ich hab schon, was ich wollte«, beeilt sich Marei und unsere Blicke treffen sich über den Gang hinweg. Ich greife mir, was ich noch so finde. Beinahe komme ich mir vor wie ein dicker Teletubbie, so rund.

»Ich brauche nur das hier«, sagt Marei und legt eine Packung Toastbrot auf die Theke. Ich gucke zur ihr herüber. Ob ich jetzt mit dem ganzen Kram ungesehen abhauen kann?

»Hey, du!«, ruft der Typ mir, als ich auf den Ausgang zuhalte. Ich bleibe stehen. In meinem Kopf überschlagen sich die Gedanken. Wie schnell könnte ich mit dem ganzen Kram in den Klamotten rennen? Und wie schnell wäre ich weg? Und wichtiger, würde ich Marei auf der Flucht verlieren?

»Ja?« Meine Stimme ist piepsig.

»Dein Schnürsenkel ist auf«, meint der Mann und deutet auf meinen Schuh.

»Das ist Absicht«, behaupte ich. Ich kann mich gerade unmöglich bücken und ihn binden.

»Wirklich?« Er lacht.

»Ja, wirklich. Meine Freundin und ich spielen nämlich gerade ein Spiel: Wir fordern das Schicksal heraus und warten, bis es uns zu Fall bringt.« Gott, was rede ich da?

»Du hast einen an der Waffel, oder?«, fragt mich der Mann und ich gehe langsam weiter. Ganz langsam.

»Besser einen an der Waffel, als gar nichts gebacken zu bekommen«, antworte ich und tippe mir an den Hut.

»Deine Freundin ist witzig«, sagt er zu Marei. Sie stimmt ihm zu und schiebt ihm den letzten Euro entgegen. »Ja, sie ist ein bisschen seltsam. Aber harmlos.«

Bis auf die Tatsache, dass sie gerade klaut, meint sie wohl. Ich drücke die Tür auf und verschwinde nach draußen. Marei folgt mir. Plötzlich steht der Typ hinter der Kasse auf und läuft uns nach. »Ey!«, ruft er. Für eine Sekunde will ich die Beine in die Hand nehmen. Doch etwas hält mich davon ab. Die Art, wie er Marei etwas entgegenhält.

»Du bekommst noch Wechselgeld, Mädchen.«

Marei ist blass, als er ihr fünf Cent in die Hand drückt. »Danke schön«, haucht sie.

»Dann einen schönen Regentag noch«, meint er und schaut in den Himmel. Dicke Wolken türmen sich auf.

»Danke, auch so«, sage ich. Er dreht sich um und die Tür fällt zwischen uns ins Schloss.

Marei und ich sehen zu, dass wir wegkommen. Wir sagen beide kein Wort. Ich fühle mich seltsam schwer, weil wir den Mann bestohlen haben. Und gleichzeitig aufgeputscht und verwegen.

»Und?«, fragt Bruno, der Gypsy gerade grasen lässt.

»Wir haben alles. Jetzt nichts, wie weg hier«, sage ich ernst und helfe Bruno, Gypsys Kopf vom Gras wegzubekommen. Was gar nicht so leicht ist, wenn das Pony nicht will.

»Seid ihr erwischt worden?«, fragt Bruno.

»Nein, aber wir sollten uns trotzdem beeilen«, schlage ich vor.

»Fühlt sich noch jemand wie ein Gesetzloser?«, fragt Marei und wir starten. Mit Regenwolken im Rücken traben wir davon in Richtung holländische Grenze.

»Wusstet ihr, dass es politisch unkorrekt ist, ein Zigeunerschnitzel im Restaurant zu bestellen?«, fragt Bruno nach einer Weile. Ich mampfe gerade Frischeiwaffeln.

»Ih, da sind doch nicht etwa …« Marei verwirft den Gedanken wieder.

»Nein, im Wiener-Schnitzel sind ja auch keine Österreicher

drinnen«, lacht Bruno, der ihre dumme Idee nachvollzieht. Ich verschlucke mich fast an der Waffel. »Hahaha, ich liebe dich, Marei! Du bist so herrlich doof manchmal!«

»Das Kompliment kann ich nur zurückgeben.« Wir kichern beide.

Irgendwann kommen wir an einer Wiese vorbei, auf der Hunderte Kirschbäume wachsen, und ich bewundere die schöne rote Farbe der Früchte. Da kommt mir die nächste draufgängerische Idee. Ich zügle das Pony, das widerwillig hält.

»Was ist los?«, will Bruno wissen und folgt meinem Blick.

»Ich komme grad auf dumme Ideen, kommt wer mit?« Ich übergebe die Zügel an Bruno.

»Ich!«, juchzt Marei. Gypsy scharrt ungeduldig mit den Hufen.

»Du machst dich wirklich gut als Kriminelle«, meint Bruno und sieht mich finster an.

»Mach dich locker. Ich pflücke nur ein paar Kirschen, das fällt gar nicht auf.« Ich klettere nach hinten und schnappe mir einen Korb. Marei hakt sich bei mir ein, als wir zu den Bäumen hüpfen. Das Leben ist schön. Das Leben ist frei.

Ich klettere auf einen dicken Ast, um an die reifen Kirschen heranzukommen.

»Ich liebe Kirschen«, trällert Marei und probiert die ersten, die ich in den Korb fallen lasse.

»Und ich erst.« Ich hangle mich höher hinauf. Man hat einen echt schönen Ausblick von hier. Von diesem Obsthof aus kann man bis zu einem alten Fachwerkhaus gucken.

»Sag mal, ganz ehrlich, ist Bruno nicht irgendwie süß?«, fragt mich Marei plötzlich.

Ich falle fast vom Baum. »Was?!«

»Na, er ist doch echt nett. Und hat wirklich schöne braune Augen«, meint meine Freundin.

»Ist mir nicht aufgefallen«, antworte ich lahm. Marei lächelt irgendwie komisch. Wie damals, als sie dachte, in den Jungen einen Jahrgang über uns verknallt zu sein. Das stellte sich glücklicherweise als Irrtum heraus. Der war nämlich ein totaler Idiot und machte sich ständig über Mädchen lustig.

»Also, ich finde, er hat was«, meint sie.

»Ja, einen Schaden. Und er ist ein Schisser«, sage ich viel härter, als ich es meine.

»Was du immer hast. Du bist immer so negativ.«

»Ich? Bis jetzt ist Bruno immer die Spaßbremse.«

»Er sorgt sich doch nur um uns.«

»Nein, er sorgt sich um seine ›Karriere‹.« Ich male Gänsefüßchen in die Luft und bereue es umgehend, weil ich das Gleichgewicht verliere. Die Baumrinde ist rutschig vom Sprühregen.

»Er hat eben Ziele im Leben. Ich finde das echt cool. Weißt du schon, was du später mal werden willst?«, fragt sie und hält mir den Korb mehr entgegen.

»Nein, aber die meisten Leute werden, was sie später sind.« Wie soll ich denn jetzt schon wissen, was ich mal machen will? Wahrscheinlich übernehme ich den Hof meiner Eltern. Oder was soll ich sonst machen? Hab ich eigentlich Talente? Außer klauen, meine ich. Meine Grübelei wird von einem störenden Geräusch unterbrochen. Es hört sich an wie ein kränklicher Vogel. Halb pfeifend, halb krächzend.

»Also, ich möchte gerne was mit Zahlen machen.«

Pfui Teufel. Wer bist du und was hast du mit meiner Freundin gemacht? Ich gucke Marei fest an.

»Ja, ehrlich. Ich kann gut rechnen«, sagt sie.

»Ich weiß, ich schreibe ja immer bei dir ab.«

»Genau und deshalb …«

Ich unterbreche sie. »Psst. Sei mal leise.« Ich horche. Wo kommt das seltsame Gepfeife denn nur her?

»Oh, oh.« Marei schaut zur Kutsche.

»Was *oh, oh*? Kannst du bitte genauer werden, Marei?«, frage ich und lasse die letzten Kirschen in den Korb fallen.

»Bruno will uns was sagen …« Sie verstummt. Ich kann ihn durch die ganzen Äste kaum erkennen. Aber jetzt bergreife ich, dass er es ist, der pfeift.

»Was hat er denn schon wieder?«, frage ich genervt.

»Weiß nicht, er fuchtelt jetzt mit den Armen.«

»Ich komm runter«, sage ich in dem Moment, als jemand auf der Wiese auftaucht.

»Diebe!«, brüllt eine Frau in Gummistiefeln. »Verdammtes Diebespack!«

»Oh nein!«, quiekt Marei. Ich rutsche ab, hangle mich am Ast tiefer. Meine Beine hängen im Nichts.

»Heilige Scheiße.« Mir war nicht klar, wie hoch ich geklettert bin.

»Wir müssen weg«, ruft Marei.

»Was du nicht sagst.«

Und schon rennt sie. Ich lande unsanft im nassen Gras. Beim Sturz wird sämtliche Luft aus meiner Lunge gepresst. Ich kann nicht mehr richtig atmen.

Die runde Frau kommt schnell näher. Ich rapple mich auf und schaue mich hektisch um. Wo ist die Kutsche? Sie fährt bereits! Ohne mich? Marei springt gerade noch hinten auf und schlüpft durch die Tür.

Mit Entsetzen erkenne ich, dass die Frau drohend mit einem Stock wedelt. Oh Gott, die wird doch nicht?

Ich komme auf die Beine.

»Na warte, du kleine Ratte. Dich krieg ich«, knurrt die Lady in Gummistiefeln und ich weiche zur Seite aus, als sie mich fast erwischt.

»Tut mir leid, es waren nur ganz wenig Kirschen«, fiepe ich und sprinte weiter. Gut, dass ich meinen Hut in der Kutsche gelassen habe.

»Das ist mir egal. Ich hol die Polizei«, krächzt die Frau und schnauft. Gypsy wiehert laut, als wolle sie mich anfeuern. Ich japse nach Luft. Endlich verlasse ich die Wiese, springe auf die Straße und sprinte der Kutsche hinterher. Meine Turnschuhe machen laute Geräusche auf dem Asphalt.

»Komm schon!«, ruft mir Marei zu und hält mir die Hand durch die Hintertür entgegen. Meine Lungen brennen und ich beschleunige meine Schritte. Mareis Finger berühren die meinen. Und dann packt sie beherzt zu und zieht mich auf die Stufe. Ihre blauen Augen heften sich fest auf meine braunen.

»Ich hab dich«, sagt sie. Der Regen fällt jetzt in beständigen Fäden auf uns hinab und wir stürzen ins Innere der Kutsche. Ich krache mit dem Fahrrad zusammen, das mitten im Weg steht.

»So eine Furie«, stoße ich aus und lege mich auf den Rücken. Erst jetzt kann ich meine Lungen wieder ganz mit Sauerstoff füllen.

»Ja, die war echt sauer. Wir sollten vorsichtiger sein. Nicht dass wir noch auf der Flucht erschossen werden oder so.«

Marei sieht aus wie ein Kaninchen kurz vor dem Sprung. Ich nehme ihre Hand. »Mach dir keine Sorgen. Das wird nicht passieren.«

Bin ich mir da eigentlich sicher?

9

SCHLIMMER GEHT'S IMMER

Es hat aufgehört zu regnen und die Dämmerung setzt ein. Der Himmel färbt sich rosa und lässt die Pfützen schimmern.

Auf der Koje liegend studiert Bruno die Karte. Marei stopft mir Kirschen in den Mund und übt sich im Kernespucken.

»Wenn du Gypsy triffst, setzt es was«, sage ich und grinse schief.

»Soll ich lieber dich treffen?«, fragt sie neckend.

Bruno räuspert sich laut und ich schaue mich nach ihm um.

»Wir brauchen diese Straße nicht nehmen. Es führt ein Feldweg an der Kirche vorbei und dann in die gleiche Richtung«, schlägt er vor.

»Das hört sich gut an, Superman«, meine ich und freue mich gerade zu früh, dass die Straße so leer gefegt ist. Die Kreuzung, die Bruno meint, kommt schon in Sichtweite. Und da passiert es. Ein Streifenwagen taucht auf der Gegenfahrbahn auf. Ich möchte am liebsten die Augen zukneifen und so tun, als seien wir unsichtbar. So wie als Kind, wenn wir Verstecken spielten. *Wo ist denn die Klara? Weg ist die Klara.*

»Oh, oh«, stöhnt Marei. Der Wagen fährt viel zu langsam an uns vorbei. Mein Blick ist fest auf den Feldweg gerichtet, den wir planen zu nehmen. Zehn, neun, acht, sieben … und wir biegen ab. Der Polizist fährt weiter. Gypsy fällt in einen schnellen Trab. Die Kutsche poltert hinter ihr her und Bruno flucht, als er von der Matratze katapultiert wird.

»Bitte nicht«, knurre ich, als mir klar wird, dass der Streifenwagen auf der Hauptstraße zum Wenden ansetzt, um uns zu folgen.

»Was machen wir jetzt?«, fragt Marei und dreht wie wild eine ihrer blonden Strähnen.

»Wir hängen ihn ab.« Ich schnalze mit der Zunge. »Komm, Gypsy, schneller!«

Wir hüpfen durch eine Senke.

»Mach nichts Dummes, Klara!«, ruft Bruno und versucht nicht wieder zu fallen. »Wenn die Achse bricht, dann war's das für uns. Polizei hin oder her.«

Marei kreischt, als die Kutsche noch flotter wird. Gypsy stellt ihren Schweif auf, so beschwingt ist sie. Als würde sie denken: Ja, geil. Ich kann noch schneller! Dieses Pony ist einfach nicht müde zu kriegen.

»Klara, bist du verrückt?«, kommt es von hinten. Ich denke kurz darüber nach, entscheide, dass ich einfach nur furchtlos bin.

Der Polizeiwagen strandet im Schlick.

»Juhu!«, juble ich. »Den hat es erwischt. Der braucht jetzt 'nen Abschleppdienst.«

»Echt?«, fragt Marei und lehnt sich ganz weit zur Seite, um den Feldweg entlangzugucken.

»Du bist die Beste!«, sagt sie und drückt mich begeistert.

»Ich weiß.« Gott, bin ich zufrieden. Ich kann gar nicht aufhören zu grinsen.

»Eigenlob stinkt«, brummt Bruno und sein Einwand ist mir gerade so was von egal.

Wir wanken auf einen Wald zu und verschwinden kurz darauf in seine Obhut. Marei guckt durchs Fernglas und bestätigt ein letztes Mal, dass der Verfolger weiterhin zurückbleibt. Wir singen Lieder und rollen in einem gemächlichen Tempo unter den Bäumen entlang. Wir sind frei wie die Vögel. Und glücklich.

Später machen wir Rast an einem Maisfeld. Gypsy säuft in

großen Zügen ihr Wasser und mir wird bewusst, dass wir unbedingt nachfüllen müssen, wenn wir nicht alle verdursten wollen.

»Brote«, trällert Marei, die uns welche zur Stärkung geschmiert hat.

»Ich nage am Hungertuch!«, rufe ich und nehme begeistert eines mit dem geklauten Käse. »Schmeckt das gut. Ich glaube, ich habe noch nie so guten Käse gegessen.«

»Ich hoffe, dein Diebstahl schmeckt dir nicht zu gut«, überlegt Bruno und nimmt sich als Nächster.

»Ich hoffe, du verschluckst dich nicht an deiner Moral.« Ich blitze ihn böse an. Er hat schließlich keine Ahnung, wie es meinem Gewissen geht. Es lebt und meldet sich auch dann und wann bei meinem Schuldgefühl.

»Ach, ist das schön, dass wir uns alle so gut verstehen. Wie die Gefährten aus *Herr der Ringe*«, sagt Marei. Sie seufzt, legt ihre Arme um meine und Brunos Schultern, während wir uns vor die Kutsche setzen.

»Na ja, die hatten schon manchmal Unstimmigkeiten«, überlegt Bruno.

»Das ist doch normal«, meint Marei.

»Ja, wir sind die besten Gefährten der Welt«, scherze ich.

Bruno ist ganz verlegen und bekommt rote Ohren. Niedlich, der Kleine.

Wir liegen gerade völlig entspannt auf der Picknickdecke und blicken in den Himmel, da hören wir Motorgeräusche. Gypsy, die neben der Kutsche grast, blickt nur kurz auf, um dann weiter dicke Büschel zu zupfen. Ich bin zuerst auf den Beinen.

»Ich dachte, hier dürfen nur Radfahrer lang?«, wundert sich Marei. »Da war doch dieses Schild?«

»Verdammte Kacke, wie kann das sein?«, stoße ich aus und raufe mir die Haare. »Blöde Scheiße. Krötendreck! Verflixt und zugenäht!«

»Okay«, meint Bruno und schaut zu mir. »Ein Kesselflicker könnte auch nicht besser fluchen.«

»Bruno, in den Schrank!«, befehle ich und scheuche die beiden auf.

»Was?!«

»Du hast mich schon verstanden.« Ich deute zum Hügel, wo der Weg mit dem Horizont verschmilzt. Dort nähert sich ein Wagen. Ein Polizeiauto, um genau zu sein.

»Oh nein. Alles ist verloren!«, jammert Marei und klaubt die Decke auf.

»Nichts ist verloren. Niemals.« Basta. Wir werden uns nicht aufhalten lassen. Nicht nachdem wir so viele Opfer gebracht und den Pfad der Tugend verlassen haben! Ich gebe Bruno einen kleinen Schubs in Richtung Kutsche. Marei klettert hinter ihm durch die Tür und knallt sie zu. Ich tue beschäftigt, indem ich die Picknickdecke ausschüttle, und schaue unauffällig zum Auto. Dann folge ich den anderen beiden und spähe durch einen Spalt ins Innere der Kutsche.

»Da pass ich nicht rein«, protestiert Bruno, während er vor dem schmalen Schrank steht. Im nächsten Moment stopft Marei ihn beherzt neben den Besen und die Wasserkanister.

»Aua«, mault er. Es poltert.

»Was nicht passt, wird passend gemacht«, meint sie ungerührt und drückt den Schrank einfach zu. Dann reckt sie mir den Daumen entgegen und ich nicke.

Ich blicke mich um. Linse den schmalen Weg entlang und beobachte den blau-weißen Wagen, der immer näher kommt.

Marei kommt aus dem Hinterausgang zu mir und schließt die Tür. Dann setzen wir uns auf die Stufe und warten.

»Wenn Bruno aufhört zu niesen, sollte man ihn nicht so leicht finden«, raunt sie mir zu. »Nur für den Fall, dass der wegen ihm hier ist.«

Ich schicke ein Stoßgebet gen Himmel. Der Polizeiwagen hält neben der Kutsche. Ich tue so, als würde ich ein Buch lesen. Meinen Hut tief ins Gesicht gezogen. Es gehört Bruno und heißt: Sonnensysteme und ihre Wurmlöcher. Marei schlägt ihr Bein über das andere. Sie gibt sich ganz barbiemäßig und unschuldig. Eine Autotür öffnet und schließt sich. Schritte kommen näher.

»Guten Tag, die Damen«, sagt der blonde Mann, als er uns erreicht.

»Guten Tag, Herr Polizist. Was für eine Überraschung«, antwortet Marei. Ihr Mund ist von den geklauten Kirschen immer noch vollkommen verschmiert. Ich hätte ihr mal sagen müssen, dass sie unmöglich aussieht. Oh Gott. Ist der vielleicht deshalb hier? Weil die wild gewordene Kirschgartenbesitzerin uns angezeigt hat?

»So ganz alleine unterwegs?« Der Polizist ist höchstens zwanzig Jahre alt. Der sieht aus wie mein Cousin und der hat nicht mal die Schule beendet. Ich muss mich doch wundern, was für junge Leute die Polizei ganz alleine auf Streife schickt. Dem könnte ja auch mal ein echter Verbrecher begegnen.

»Na, Sie sind doch auch alleine unterwegs, oder?«, frage ich also. Gypsy wiehert leise zur Begrüßung und guckt zu unserem Gast. Freundliches Tier. Sie hat ja auch keine Ahnung.

»Ja, aber ich bin erwachsen. Und wie alt seid ihr beide?«, will er wissen.

»Voll alt«, meint Marei und blinzelt verlegen.

Der Mann in Uniform stemmt seine Hände in die Hüfte und kommt näher. Mir fällt auf, dass er eine beachtliche Zahnlücke hat, die sich zeigt, wenn er lächelt.

»Na gut, dann gebt mir mal eure Papiere.«

Als keiner von uns reagiert, wird er genauer: »Kutschschein, die Fahrerlaubnis für dieses bunte Ungetüm und Personalausweis, bitte.«

»Ungetüm? Wissen Sie eigentlich, was für eine Rarität Sie hier vor sich haben? Echte Traveller-Wagen sind sehr selten«, klugscheißt meine Freundin und ich stoße ihr sanft meinen Ellenbogen in die Seite. Das sind zu viele Informationen.

»Ist das so?«, fragt er. »Ich möchte trotzdem die Papiere sehen.«

»Also, das ist eine lustige Geschichte«, beginne ich. »Unsere Mutter hat alles bei sich. Und die …« Ich grüble, ja, wo ist die denn gerade?

»Die ist mit dem Rad noch mal zurück ins Dorf. Sie hat …« Marei verstummt auch kurz und ich ergreife wieder das Wort. »Einkäufe vergessen …« Superidee. Das müsste er doch schlucken, oder? So wie er uns gerade anguckt, ist er nicht die hellste Kerze auf der Torte.

»Ja und die brauchen wir schließlich hier bei unserem Abenteuer.« Marei lächelt honigsüß. Etwas rumpelt in der Kutsche und ich erstarre. Ebenso wie mein blödes Grinsen.

»Ja, genau. Mama ist so ein Schussel. Da haben wir sie endlich dazu überredet, mit der Kutsche ein paar Meter zu fahren und in ihr zu übernachten …«

Marei unterbricht mich. »Ja, zelten, nur anders, nennen wir das.«

»Und schon vergisst sie die Hälfte. Typisch Mama«, füge ich an und Marei nickt heftig. Der Polizist hebt skeptisch seine Augenbraue.

»Aber sie müsste schon bald zurück sein«, werfe ich ein und plötzlich öffnet sich die Tür in meinem Rücken. Heilige Scheiße! Sie muss nicht richtig geschlossen gewesen sein und wird jetzt vom aufkommenden Wind, der von vorne durch die Kutsche fährt, aufgedrückt.

»Also kommt ihr von hier?«, fragt der Mann.

»Klar, von hier aus der Nähe.« Ich mache mich größer und lehne mich auf der Stufe nach hinten. Dadurch hindere ich die Tür daran, weiter aufzuschwingen.

»Wie heißt ihr denn?«, fragt der Polizist und nimmt einen Stift und Papier zur Hand.

»Wegmann«, nuschle ich.

»Wie bitte?«

»Weg-Mann.«

»Wie heißt denn eure Mutter?« Er kritzelt drauf los.

»G. Wegmann«, sage ich und muss schmunzeln. Marei rutscht unruhig auf ihrem Hintern rum, während der Mann den Namen notiert.

»G, wie Gisela, Getrud, Gunda?«

»Geh-Sa Weg-Mann.« Ein erstickter Laut kommt aus der Kutsche. Könnte ein Lachen sein.

»Und wie heißt ihr?«

»Tina und Bibi«, kommt es viel zu schnell von Marei und ich beiße mir auf die Lippe. Plötzlich kommt der Mann ein paar Schritte näher und guckt durch den Spalt ins Innere der Kutsche. Mein Herzschlag setzt einmal aus.

»Ist noch jemand bei euch?«, fragt er und knipst eine Taschenlampe ein. Oh, nein! Wo hat er die denn hergezaubert?

»Wir warten alleine, auf unsere Mutter.« Marei steht auf und angelt nach der Tür, um sie zu schließen. Ich frage mich, ob nur ich Brunos erneutes Niesen gehört habe.

»Darf ich mich mal umsehen?«, will der Polizist wissen und stößt mit seiner Lampe die Tür wieder auf. Der Lichtkegel huscht durchs Innere.

»Hey, brauchen Sie nicht einen Durchleuchtungsbeschluss oder so was?« Marei baut sich trotzig vor dem Mann auf.

»Einen was?«, fragt der amüsiert und steckt seine Nase nur weiter in unsere Angelegenheiten.

»Na, das ist doch privat«, protestiere ich.

»Na, bei Gefahr in Verzug brauche ich keinen Durchsuchungsbeschluss«, erklärt er nett.

»Und wann soll das sein? Gefahr in Verzug? Wir sind zwei kleine Mädchen. Viel mehr könnte das ein komisches Licht auf Sie werfen, wenn Sie nicht warten, bis unsere Mutter wieder da ist. Oder?«

Jetzt verrutscht sein selbstsicheres Lächeln. »Du bist mir ja eine ganz Neunmalkluge, was?«

»Besser neunmal als gar nicht.« Ich stemme die Arme in die Seite. Ich bin so nervös, dass es bestimmt total peinlich aussieht, wie ich dastehe.

»Also, wollen Sie jetzt mit uns zusammen auf Mama warten?«, frage ich höflich und er schaut auf seine Armbanduhr.

»Na gut, ich komme wieder. Also, bleibt einfach hier, bis ich zurück bin. Sagt das eurer Mutter, wenn sie kommt«, meint er und dreht sich um. »Und haltet euch von den Flächen des Bauern fern. Dort ist neu angesät.«

»Aber natürlich«, meint Marei und winkt.

»Sagt eurer Mutter, sie soll die Papiere bereithalten, ich hab keine Zeit für so was.« Er tippt sich an seinen Hut und steigt wieder ins Auto.

»Selbstverständlich«, sage ich stocksteif. Und wie wir erst keine Zeit für so was haben.

»Und die Papiere gehören immer in die Kutsche, wie beim Auto«, ruft er uns zu. Der Wind frischt auf, lässt mich frösteln. Ein Poltern kommt aus der Kutsche und ein Geräusch, das ich irgendwann schon mal gehört habe. Eine Gitarre?

»Ja, Sie haben ja recht«, antwortet Marei und zeigt sich schuldbewusst.

Endlich ist er weg. Ich schlage mich ganz schnell ins Buschwerk. Meine Blase hasst Aufregung. Bruno hat tränende Augen von seiner Stauballergie. Und Staub gibt es genug in den Schränken der Kutsche. Und Schätze. Eine alte Gitarre zum

Beispiel, auf der die alte Frau Fassbinder bestimmt schon gespielt hat.

»Ganz ehrlich, das mach ich nie wieder«, murrt Bruno, als wir im Halbdunkel des Abends weiterfahren. Er putzt immer noch seine Brille. »Ich könnte an einem allergischen Schock sterben.«

Irgendwo schreit eine Eule und Gypsy spitzt die Ohren.

»Du hast keine andere Wahl«, sage ich mit Bedauern und reiche ihm mein letztes Taschentuch. Er seufzt, schlägt Esmes Tagebuch auf und beginnt, uns daraus vorzulesen:

20. Oktober 1898

Wir reisten weiter, bis die Blätter von den Bäumen fielen. Ich hatte große Fortschritte mit Gypsy gemacht. Mein Vater war überrascht, dass ich ihn bereits putzen und füttern konnte. Er fürchtete sich vor dem Wallach, auch wenn er es nicht zugab. Wir hatten immer Ponys besessen, die zuverlässig und leicht einzuschätzen waren. Gypsy war anders. Völlig anders als die sonstigen Pferde der Traveller. Man wusste nie genau, wie er reagierte.

Eines Tages ließ ich ihn grasen. Meine kleine Schwester spielte nicht weit von mir mit ihrer Puppe und sang ein Lied, da geschah etwas. Ein streunender Hund kam des Weges und lief zähnefletschend auf uns zu. Er hatte große schwarze Augen und war so groß wie ein Wolf. Ich wusste nicht, was ich tun sollte. Unsere Hunde waren mit Vater fort. Für einen Moment wollte ich weglaufen. Doch ich konnte ihm nicht meine kleine Schwester überlassen. Noch in dem Moment, als meine Gedanken sich überschlugen, schrie der Wallach neben mir auf. Er machte einen Satz. Das Seil, mit dem ich ihn hielt, schnitt mir in die Hände. Ruckartig ließ ich es los. Ich war davon überzeugt, dass er davonstürmen würde, aus Furcht vor dem Raubtier. Pferde sind nun mal Fluchttiere. Ich schrie auf, als der Hund zeitgleich auf meine Schwester losging. Er biss ihr in die Wade und zerrte an ihr. Gypsy erwiderte meinen Schrei, setzte sich auf die Hinterbeine und ging vorwärts. Ich war wie erstarrt. Es ging alles so schnell. Der Hund ließ von Mara ab. Gypsy nutzte die Lücke, um ihn von ihr zu trennen, und trat nach dem Hund. Ich stürzte zu meiner Schwester, schützte sie mit meinem Körper. Fest presste ich sie an mich und schloss die Augen. Das Geheule und Wiehern dröhnte in den Ohren. Der Boden unter uns schien von Gypsys Hufen zu vibrieren. Sekunden später war der Spuk vorbei. Mein Onkel hatte den Angriff bemerkt und kam über die Wiese des fremden Bauern auf uns zugelaufen. Bewaffnet mit einer Schaufel. Der Hund flüchtete. Gypsy rannte ihm nach. Und mein Herz schmerzte, weil ich damit rechnete, dass er nie wieder zurückkommen würde. Dass ich dieses wunderbare Tier nie wiedersehen und berühren würde. Und dass er mich nie wieder retten würde.

Wir waren gestrandet. Ohne Pferd konnten wir nicht weiterreisen und das Wetter wurde schlechter. Einige des Clans beschlossen, ohne uns weiterzuziehen, und überließen uns unserem Schicksal. Nur mein Onkel und sein bester Freund suchten weiter nach dem geflüchteten Pony.

Die Menschen in dieser Region waren meist nicht gut auf uns zu sprechen. Besonders seit einige unserer Pferde ein Weizenfeld in der Nähe verwüstet hatten. Ich konnte den Ärger der Bauern sehr gut verstehen. Zumal sie den Schaden nicht ersetzt bekamen. Mein Vater hatte angeboten, die Schuld abzuarbeiten. Doch der Bauer wollte keinen von uns auf dem Hof.

An einem Morgen, als ich gerade im nahen Wald nach Feuerholz suchte, fand ich Hufspuren. Ich folgte ihnen bis zu einem Bach. Meine Arme wurden bereits schwer vom Holz, doch ich schlich weiter und sah mich um. Gerade als ich dachte, meine Kräfte würden schwinden, hörte ich etwas. Ich hielt die Luft an und lauschte. Mein Magen knurrte zu laut, doch dann nahm ich etwas anderes wahr. Das Knacken von trockenen Ästen und Laub. Der Bach wand sich wie eine Schlange durch das Dickicht. Und an ihm stand ein Pferd und trank. Vorsichtig ließ ich das gesammelte Holz zu Boden.

»Gypsy«, flüsterte ich. Der Wallach riss seinen Kopf hoch, sein Ohrenspiel war nervös. »Mein Gypsy, da bist du ja.«

Ich blieb stehen. Ich spürte, dass eine falsche Bewegung reichen würde und er wäre weg.

»Bitte, ich brauche dich, mein Freund«, hauchte ich und streckte meine Hand nach ihm aus. Seine Muskeln zuckten unter seinem Fell. »Ich komm jetzt zu dir«, flüsterte ich und machte den ersten Schritt. Gypsy schlug mit dem Kopf. Setzte einen Schritt zurück.

»Ich bin deine Freundin«, sagte ich und gab nicht auf. Endlich blieb er stehen und ich kam näher heran. Er hatte sein Halfter und den Strick verloren. Doch ich machte mir keine Gedanken darüber, wie ich ihn zum Wagen bringen würde. Ich wollte nur, dass er mir vertraute. Ich wünschte mir, dass er zu mir gehörte. Also fasste ich all meinen Mut zusammen und hockte mich vor ihn hin.

»Sende deine Liebe aus«, hatte die Älteste immer gesagt. »Du musst die Worte fühlen und sie aus dir herausfließen lassen, dann werden die Tiere dich erspüren«, hatte sie gemeint. Ich schloss die Augen, streckte meine Hand nach Gypsy aus und tat es. Meine Gefühle für dieses Wesen glitten aus mir heraus. Und plötzlich spürte ich seinen warmen Atem auf meinem Kopf. Er stand direkt über mir und legte seine Lippen auf meinen Haaransatz. Meine Hände fanden seinen Hals und seine Mähne. Und während ich ihn streichelte, erhob ich mich ganz langsam.

Mit meiner Jacke als Zaumzeug brachte ich Gypsy zurück und teilte meinen letzten Apfel mit ihm. Mein Vater staunte nicht schlecht, als er uns fand. Und ich war sprachlos über seine Anerkennung, die er mir nie zuvor zeigte.

Es war unser Glück, dass wir von diesem Ort fortkonnten. Denn die Fahrenden wurden als vogelfrei erklärt. Auch wenn dieses Wort sich wunderschön und romantisch anhörte, so bedeutete es doch Leid. Denn jemand der vogelfrei war, unterstand keinen Gesetzen. Und somit auch keinem Schutz durch diese. Leute, die uns schadeten, uns vielleicht sogar töteten, würden nicht zur Rechenschaft gezogen. Und das machte mir große Angst.

10

VOGELFREI

Es ist früher Morgen. Wir kommen der Grenze immer näher und unsere Laune ist gut, trotz des Gefühls, immer mehr auf der Flucht zu sein.

Bruno sitzt hinten in der Kutsche auf der Matratze und bastelt an der alten Gitarre herum.

»Die Saiten müssen exakt gestimmt sein«, erklärt er. »Wobei der oberste und dickste Ton das E ist. Dann folgen A-D-G-H und wieder E, dieser aber heller. Logisch.«

»Kannst du Gitarre spielen?«, fragt Marei beeindruckt.

»Nein, aber ich habe etwas darüber gelesen.«

Überraschung, denke ich. Gypsys gleichmäßiger Hufschlag klappert seinen Takt und Bruno streicht mit den Fingern über die Saiten.

»Eine alte Dame geht heute einkaufen«, brummt Bruno.

»Was?«

»Eine Eselsbrücke. So merkt man sich, nach welchem Ton

die einzelnen Gitarrensaiten gestimmt werden.« Er summt vor sich hin und lässt sie weiterklingen. Dann schraubt er wieder an dem Instrument herum und verändert den Ton.

Nach unendlichen Wiederholungen beginnt er ein Lied zu spielen. Marei sieht aus wie ein verliebter Dackel und ich frag mich, ob es eine Medizin dagegen gibt.

»Bruno, das ist so unglaublich, dass du nur ein Buch lesen musst und *Schwupps*, kannst du so schön Gitarre spielen«, sagt meine Freundin. Ich schaue zu ihm, mir entgeht nicht, dass seine Gesichtsfarbe zu Rot wechselt.

»Na ja, ich habe als Kind Geigenunterricht gehabt. Deshalb weiß ich mit Saiteninstrumenten etwas anzufangen«, erklärt er und spielt weiter. Irgendwann singen wir alle aus voller Kehle und freuen uns des Lebens. In etwa bis zu dem Zeitpunkt, an dem wir einem Rentnertrupp begegnen, der eine Radtour macht.

»Oh, das ist aber ein schönes Pferd«, meint eine Oma mit weißen Haaren, als sie an uns vorbeifährt. Der Opa hinter ihr lässt seine Fahrradklingel schrillen und ich gucke ihn säuerlich an. Gut, dass Gypsy so unerschrocken ist. Sie zuckt nicht mal. Das wäre bei Thelma und Louise ganz anders. Ich verstehe einfach nicht, warum manche Menschen so rücksichtlos sind. Sie müssten doch wissen, dass Pferde Fluchttiere sind und schnell Angst bekommen. Wie oft ist bei diesem Trip schon ein Auto viel zu dicht an uns vorbeigefahren? Oder hat uns sogar geschnitten? Dabei ist so was nicht nur gefährlich für uns, sondern auch für sie, die Autofahrer, selber. Denn ein Pferd kann zwischen 500 und 700 Kilo auf die Waage bringen. So ein Tier in der Windschutzscheibe eines Autos ist tödlich für alle, die mitfahren. Ärgerlich schüttle ich den Kopf.

»Na? Macht ihr einen Ausflug?«, will jemand anderes wissen.

Bruno verbirgt sich unter der Bettdecke und macht Handzeichen, dass wir die Fremden loswerden sollen.

»Nur einen kleinen«, meint Marei nett.

»Ihr seid aber nicht von hier«, stellt eine Frau mit quietschrotem Fahrradhelm fest.

»Doch, doch«, sage ich schnell.

»Nein, das wüsste ich.«

Ich lächle unsicher. »Wir kommen aus dem Nachbarsort«, lüge ich.

»Seid ihr etwa zugezogen? Wir kennen eigentlich alle Reitersleute hier im Umkreis.«

Oh, wie blöd.

»Na ja, ein paar Orte weiter sind es schon«, berichtige ich.

»Wie heißt sie denn, eure Stadt?« Die Frau mit Brille fährt neben uns her und guckt mich erwartungsvoll an. Einige ihrer Leute überholen uns. Ich zügle Gypsy immer mehr, in der Hoffnung, dass sie mit ihnen fährt.

»Wissen Sie, unsere Eltern haben uns verboten, mit Fremden zu reden. Da bin ich gerade echt in einem Konflikt«, sage ich und Marei grinst blöde.

»Oh, verstehe. Da möchte ich natürlich nicht schuld an deinem Dilemma sein. Dann eine schöne Weiterfahrt noch«, meint sie nett und tritt in die Pedale. Die letzten Rentner sind an uns vorbei und ich habe Mühe, Gypsy zu regulieren, weil sie hinter dem Trupp hinterhermöchte.

»Hahaha!« Bruno lacht schallend los und befreit sich von der Decke. »Du bist echt eine Marke. Das mit dem Geh'n-se – Wegmann war ja schon genial …«, beginnt er.

»Gesa Wegmann«, berichtige ich den erfundenen Namen meiner Mutter, den ich dem Polizisten genannt habe. »G. Wegmann.«

»Und jetzt: ›Meine Mama hat mir verboten, mit Fremden zu reden.‹« Er lacht weiter.

»Na ja, was hätte ich machen sollen?« Ich hätte Bruno mal in meiner Lage sehen wollen.

Wir schauen den Leuten nach, wie sie um die nächste Biegung verschwinden.

»Eigentlich sind wir alle echt gut«, überlegt Marei. »Schaut, wie weit wir gekommen sind. Und wir triumphieren über die Polizei und unsere Eltern sind uns immer noch nicht auf die Schliche gekommen.«

»Na ja, wir versorgen sie ja auch gut mit Fotos übers Handy.«

»Das stimmt. Und nicht mehr lange, dann ist Gypsy in Sicherheit.«

Das Pony wiehert, als es seinen Namen hört.

»Ja, ist das nicht großartig?«

»Apropos Sicherheit: Wie es wohl Esme und ihrem Gypsy weiter ergangen ist?«, überlegt Marei.

Wie auf ein Kommando zückt Bruno das Tagebuch und liest weiter vor:

1. November 1899

Gypsy ist nur halb so seltsam, wie alle dachten. Der Wallach braucht nur eine Weile, um Vertrauen aufzubauen. Und wenn er das erst mal schafft, lässt er sich ganz leicht anspannen und führen. Eines Tages begrüßte er mich sogar morgens mit einem Wiehern, als ich hinauskomme, um ihn zu holen. Es war das schönste Geräusch, das ich je gehört hatte.

Mein Vater hatte eine kleine Arbeit auf einem Hof bekommen und endlich konnten wir uns neue Lebensmittel kaufen.

»Das wäre übrigens auch eine Idee«, plappert Marei dazwischen. »Bevor wir das nächste Mal klauen gehen, könnten wir irgendwo eine Dienstleistung anbieten.«

Ich überlege kurz, mir fällt aber nichts ein, was wir anbieten könnten. Außer Schuheputzen.

»Ja, aber dann fallen wir möglicherweise wieder zu sehr auf«, meint Bruno und liest weiter vor.

Ein bisschen Käse und Schinken, Eier und ein ganzes Huhn. Wir, das sind nur noch drei Wagen mit Familien, durften sogar eine Wiese und eine Scheune des Bauern nutzen, weil das Wetter so schlecht wurde. Es war schön zu wissen, dass uns nicht jeder schlecht gesinnt ist. Beinahe fühlte es sich an wie früher, als ich noch klein war. Wir kamen jeden Abend zusammen und feierten ausgelassen, dass wir lebten. Ich sang das Lied unserer Vorfahren ›Die Weisheit ist wie ein altes Pferd‹ und tanzte, wie nur wir es taten. Meine schwarzen Haare wirbelten wild um meinen Kopf und meine Füße hüpften über den trockenen Scheunenboden. Das Licht unserer Laternen erhellte sanft den Raum und zeichnete Schatten an die Wände. Mein Onkel begann, auf seiner Fidel zu spielen, und mein Vater stimmte mit seiner Gitarre ein.

An einem Sonntag brachen wir überstürzt auf. Niemand sagte mir, warum. Auch, als ich mehrmals nachfragte nicht. Ich spürte die Anspannung, die sich auch auf die Tiere übertrug. Die Stute meines Onkels trat gegen die Deichsel und verletzte sich. Dann ging es auch schon los auf die Straße. Wir ließen die Lichter an den Wagen aus, obwohl die Sonne bereits unterging.

»Wir können nicht weiter«, sagte meine Mutter irgendwann und stoppte die Kutsche. Gypsy führte unseren Track an, so verlässlich war er geworden. Solange er von einer Frau geführt wurde, war seine Welt in Ordnung.

»Wir müssen«, antwortete mein Vater grob und erhob sich von seinem Lager, auf dem er gesessen und Pfeife geraucht hatte. Der Rauch lag schwer in der Luft und kratzte in meinem Hals.

»Die Brücke, sie ist halb überschwemmt. Es ist zu gefährlich. Wir müssen umkehren.« Meine Mutter schaute meinen Vater flehend an. Sie wusste, wie stur er sein konnte. Er sagte nichts, stieg von der Kutsche und besprach sich mit meinem Onkel, der hinter uns fuhr. Es dauerte nicht lange und er übernahm die Zügel auf dem Kutschbock.

»Was hast du vor?«, wollte meine Mutter wissen und ließ ihn nur widerwillig ihren Platz einnehmen.

»Uns hier fortbringen«, knurrte er.

Ich schaute hinaus, über den grauen Fluss. Sein Wasser floss schnell und die Ufer waren in der Dämmerung kaum zu erkennen. Aus den umliegenden Wiesen stieg Nebel auf und kroch auf uns zu. Als ich aus dem Fenster am Heck blickte, sah ich Lichter, die uns zu folgen schienen. Mir wurde schlagartig übel. Was war nur geschehen? Was wurde uns vorgeworfen? Wer jagte uns?

»Ich frage mich ernsthaft, ob es uns auch so ergehen würde, wenn wir in dieser damaligen Zeit unterwegs gewesen wären«, quatscht Marei schon wieder dazwischen. »Ich meine, überlegt doch mal, in welch misslicher Lage wir jetzt schon sind. Und wir kämpfen ja quasi auch nur ums Überleben.

Würde man uns auch verfolgen, weil wir beispielsweise etwas gestohlen haben?«

»Hat man früher Dieben nicht die Hände abgeschlagen?«, fällt mir siedend heiß ein und ich bin so froh, dass solch schreckliche Strafen aus der Mode gekommen sind.

»Hüh«, rief mein Vater Gypsy zu und trieb ihn auf die mit Brettern gebaute Brücke zu. Die Hufe machten laute Geräusche auf dem Holz und der Wagen schaukelte. Ich hielt die Luft an. Gypsy stoppte etwa auf der Mitte, wo der Fluss über die Brücke strömte. Mein Vater nahm die Peitsche. Sie knallte und ein Ruck ging durch den Wagen, als der Wallach wieder anzog. Das Wasser ging dem Pferd bis über die Fesseln. Doch das war nicht das Problem. Der Untergrund war schwach. Wir hatten das Ufer fast erreicht, da gab er nach und riss die Kutsche und Gypsy mit in den Fluss. Meine Mutter sprang nach hinten. Mara nahm meine Hand. Zeitgleich erfasste die Strömung die Kutsche und zog sie ein Stück ins Flussbett.

»Raus hier«, schrie meine Mutter panisch und zerrte uns beide nach vorne. Wasser drang ein, flutete unsere Sachen. Tränkte unsere Decken und Kissen, Maras Puppen schwammen weg. Es ging alles so schnell. Mein Vater wollte uns helfen, nahm als Erstes die Kleinste von uns. Ich kletterte vor meiner Mutter hinaus. Gypsy schrie und kämpfte gegen den Fluss an. Das Wasser stand ihm bis zur Brust. Dann gab die Brücke ganz nach und der Wagen hinter uns wurde einfach fortgespült. Jemand schrie. Ich sah Hände, die nach einander griffen und sich verfehlten. Ich fiel. Wasser drang in meinen Mund und meine Nase. Oben war unten und unten oben. Verzweifelt versuchte ich etwas zu fassen zu bekommen. Doch der Fluss nahm mich einfach mit sich, als wäre ich ein Blatt im Wind. Ich ging unter, schwamm knapp an Gypsy vorbei. Unsere Blicke trafen sich, nur kurz. Die Achse der Kutsche brach und das Pony befreite sich. Ich streckte meine Hand aus, ich konnte nicht schwimmen.

Die Gewissheit, dass ich ertrinken würde, sickerte in mein Bewusstsein.

Gypsy sprang vorwärts. Zuerst dachte ich, er würde auf das Ufer zuhalten, sich in Sicherheit bringen. Doch plötzlich war er bei mir. Meine Finger tasteten Fell, Mähne und krallten sich an sie. Gypsy schnaubte. Seine Beine traten gleichmäßig das Wasser. Für einen kurzen Moment gingen wir unter. Als wir die Wasseroberfläche wieder durchbrachen, *japste ich nach Luft. Gypsy schwamm. Ich legte meine Hände um seinen Hals und ließ mich von ihm mitziehen. Irgendwann, ich wusste nicht mal, wie, war ich auf seinem Rücken. Er brachte uns einige Meter vom Track entfernt an Land. Meine Lungen brannten und ich zitterte vor Kälte und Schock. Gypsy stand still. Darauf bedacht, dass ich nicht von seinem Rücken fiel. Er wartete. Um mich herum wurde alles schwarz. Und als ich wieder erwachte, hoben mich die Hände meines Vaters von seinem Rücken.*

»Mein Gott«, stöhne ich und stelle mir das ganze Szenario vor. Das Wasser, die Kälte und Dunkelheit. Es ist, als würde auch hier um uns herum alles bedrohlicher werden.

Sogar die Vögel in den Bäumen hören plötzlich auf zu singen.

Bruno räusperte sich laut und las weiter.

Wir hatten einen Wagen verloren. Unseren konnten wir mit Mühe retten und unseren Verfolgern war unser Leid genug, sodass sie uns ziehen ließen. Später erfuhr ich, dass jemand meine Tante der Hexerei bezichtigt hatte. Es hieß, sie habe einem Mädchen ein Liebeselixier verkauft, das sie zur Un-

treue ihrem Verlobten gegenüber gezwungen habe. Sicher ist den Leuten nicht bewusst, dass Herzensangelegenheiten einen eigenen Zauber haben, dem jeder Mensch erliegt. Und Herzen entscheiden sich manchmal gegen Verabredungen.

So zogen wir weiter. Meine Schwester bekam Husten und Fieber und mein Vater sagte lange keinen Ton mehr. Es wurde kalt, die Luft roch bereits nach Schnee und wir rückten eng zusammen. Vielleicht war es die schlimmste Zeit meines Lebens. Und doch war ich nicht traurig. Denn ich hatte Gypsy. Und Gypsy hatte mich. Wir wichen kaum mehr auseinander. Manchmal schlief ich sogar an ihn gekuschelt, wenn wir in Scheunen rasten durften. Er war so sanft, wie niemand es erwartet hätte. Zumindest zu mir und meiner Mutter. Sobald ihm ein Mann zu nahe kam, war er der Teufel, der er sein konnte.

»Krass. Denkst du, dass unsere Gypsy auch so heldenhaft wäre?«, fragt Marei in die Geschichte hinein.

»Bestimmt«, antworte ich. »Wenn wir dir eine Kette aus Äpfeln und Karotten umbinden, sicher.«

»Sehr witzig«, brummt sie.

Bruno lässt das Tagebuch sinken. »Pferde sind Fluchttiere.

Sie überleben, durch ihren Instinkt fortzulaufen, ohne Rücksicht auf Verluste.«

»Aber Gypsy hat Esme gerettet«, sagt Marei.

»Das ist eine tolle Geschichte«, sage ich und denke an die treulose Thelma, die mich mal zwei Kilometer von zu Hause abgebuckelt hat und mich anschließend einfach sitzen ließ.

»Das ist wirklich passiert und nicht einfach nur eine Geschichte«, entgegnet Marei und blickt in die Ferne. Eine Kirchturmspitze ragte weit über ein Dorf auf und schickt sein Läuten zu uns. Ob jemand in diesem Moment heiratet?

»Lies weiter, Bruno«, fordere ich ihn auf und lausche weiter der Geschichte von Esme und ihrem Pferd:

Es war Marktzeit. Mein Vater bot seine Dienste als Kesselflicker an und verkaufte einige Töpfe und Pfannen. Doch es reichte nicht, um Maras Medizin zu bezahlen. Deshalb schickte meine Mutter mich von Tür zu Tür. Ich hasste es zu betteln. Gypsy kam mit mir. Ich hatte ihm beigebracht, auf mich zu warten. Es brauchte nur ein Wort und er blieb stehen, schaute mir aus seinen blauen Augen nach und rührte sich nicht. Eine alte Frau öffnete, als ich an eine große Tür eines Herrenhauses klopfte.

»Guten Tag, Miss. Haben Sie eine milde Gabe für mich? Der Winter ist nah und meine Schwester ist krank«, betete ich meinen Text herunter. Sie sagte eine Weile nichts. Blickte nur aus trüben Augen auf mich hinunter. Ich dachte schon, sie würde mich auffordern zu gehen, da staunte sie über Gypsy.

»Ist das dein Pferd?«, fragte sie.

»Ja.«

»Es ist gar nicht angebunden.«

»Nein, er wartet auf mich.«

Sie zog ihre Brauen kraus.

»Seid ihr vom Zirkus?«

»Nein, wir sind einfache Marktleute.«

»Ach, so ist das. Ein wirklich schönes Tier«, meinte sie anerkennend. »Warte hier, ich hole euch etwas.« Als sie wiederkam, hatte sie einen Beutel Kartoffeln und einen Penny für mich.

»Ich danke Ihnen vielmals«, sagte ich und knickste. Gypsy folgte mir auf »Komm« und die Frau schaute uns nach. Mir kam die Idee, Gypsy etwas beizubringen. Irgendein Kunststück, das die Menschen dazu bewegen würde, uns Geld zu spenden.

11

EIN UNGLÜCK KOMMT SELTEN ALLEIN

Vor uns verengt sich die Straße zu einem Sandweg.

»Sind wir hier richtig?«, fragt Marei, die sich ein altes Kleid von Frau Fassbinder angezogen hat, das sie gefunden hat. Kombiniert mit dem bunten Tuch um ihren Kopf, das mit wunderschönen Kupferplättchen verziert ist, sieht sie aus wie eine echtes Traveller-Mädchen. Sie wirft Bruno, der hinter uns auf dem Bett sitzt, die Karte zu. Er fängt sie mit nur einer Hand.

»Eigentlich ja«, überlegt er und richtet sich auf der Matratze auf.

»Und uneigentlich?«, hake ich nach. Der Weg sieht nicht vertrauenserweckend aus. Bäume säumen ihn und das Dickicht wächst weit in ihn hinein.

»Ich habe irgendwie ein komisches Bauchgefühl«, gebe ich zu. Bruno kommt zu uns nach vorne geklettert. Mit Schwung schließt er den Reißverschluss seiner Jacke, weil es kühl geworden ist. Mir rutscht die Decke von den Schultern und ich fröstle.

»Also, lass mal sehen. Wenn wir etwa fünfhundert Meter dem Weg folgen, werden wir auf die Straße kommen, die uns geradewegs über die Grenze führt.«

»Okay, und du bist ganz sicher, dass wir hier richtig sind?«

»Ja, guck doch. Von hier sind wir gekommen.« Er tippt auf eine Stelle auf der Karte und ich glaube ihm.

»Na gut, dann volle Fahrt voraus.«

Gypsy trottet gleichmäßig weiter. Bäume flechten ihr Geäst über uns und Vögel singen ihr Lied.

»Hey, kennt ihr den schon?«, will Bruno wissen. »Was sagt ein Hai, nachdem er den Surfer gegessen hat?«

»Oh, Bruno, lass es«, sage ich und muss schon vorher lachen. Bruno kann ähnlich gut Witze erzählen wie Marei. Ein wahres Albtraumpaar.

»Nett serviert, so mit Frühstücksbrettchen.« Marei kichert, ich lache, weil der so schlecht ist.

»Ich kenne auch noch einen: Was kann fliegen, äh, warte, hat vier Beine und flattert davon?«, beginnt Marei und schaut durch das Fernglas.

»Keine Ahnung«, brumme ich und treibe Gypsy an. Ihr

Schopf, den Marei kunstvoll zu einem Zopf gebunden hat, wackelt wie eine Palme auf ihrem Kopf.

»Zwei Vögel.« Marei kriegt sich nicht mehr ein.

»Der ist blöd«, brumme ich und meine mehr den Weg vor uns, der immer sandiger wird, als den Witz. Die Räder der Kutsche sinken tief ein. Ich schnalze mit der Zunge. Gypsy zieht fester. Trotzdem wird sie langsamer. Zu langsam … und wir bleiben stecken.

»Was ist los?«, fragt Marei mich mit großen Augen. Ich antworte nicht, treibe weiter.

»Komm Gypsy, hopp!« Sie stemmt sich ins Zaumzeug, der Wagen rollt etwa einen Meter vorwärts und hält an.

»Wir stecken fest«, sage ich ernst.

»Was soll das heißen?«, fragt Marei dümmlich. Einen Moment wird es sehr ruhig zwischen uns. Die Vögel in den Bäumen zwitschern ungerührt ihr Lied weiter und ich bekomme die Krise.

»So ein Mist, das fehlt jetzt noch.« Ich springe vom Kutschbock und schaue mir das Problem an. Gypsy dreht sich zu mir um und sieht aus, als würde sie lachen. Sie klappt ihre Oberlippe hoch und zeigt ihre Zähne.

»Wir schieben einfach«, meint Marei, als sie zu mir kommt.

»Das müssen wir wohl«, überlege ich und winke Bruno an meine Seite. »Du bist ein Mann, also zeig mal, was du draufhast.«

»Ich bin ein Heranwachsender und kein Zauberer«, antwortet er und krempelt sich die Ärmel seiner Jacke hoch. »Bei drei schieben wir alle gemeinsam«, kommandiert er und legt die Hände an das Heck.

»Jemand muss Gypsy antreiben, sonst wird das nichts«, fällt mir ein. Da können wir drei noch so viel drücken, wenn Gypsy nicht mitzieht.

»Okay, du überredest das Pferd und wir schubsen.« Marei lächelt Bruno wieder so komisch an und ich verdrehe die Augen. Sie wirft ihre langen blonden Haare zurück und lässt ihren neuen Rock um ihre Beine schwingen. Ich stapfe nach vorne. Gypsy ist allem Anschein nach für eine Pause. Denn sie stellt sich bequem hin, während ich versuche sie vorwärtszubekommen.

»Komm schon«, bettle ich und ziehe an ihrem Zügel. Sie schüttelt unwillig den Kopf.

»Was ist denn los, da vorne?«, wollen die anderen beiden wissen.

»Das Pony ist kaputt«, antworte ich. Gypsy kaut zufrieden auf ihrem Gebiss und lässt sich die großen Ohren kraulen.

»Was soll das heißen?«, fragt Bruno besorgt.

»Ich vermute, sie hat keine Lust mehr«, antworte ich und entdecke Druckstellen vom Zaumzeug an ihrer Flanke.

»Oje, du Arme. Das stört dich, stimmt's?« Ich streichle ihre Stirn und versuche mich zu erinnern, was Mama gemacht hat, wenn unsere Ponys wunde Stellen hatten.

»Weißt du, es ist wichtig, dass wir weiterkommen, Gypsy«, flüstere ich ihr zu. »Sonst können wir dich nicht retten.«

Bruno taucht neben mir auf. »Was hat sie denn? Ist sie krank?«

»Nein, aber ich schätze, sie hat doch keine unbegrenzte Akkulaufzeit.«

»Verstehe.« Bruno sieht nachdenklich aus.

»Kannst du sie besser antreiben, wenn du sie reitest?«, überlegt er. Ich verziehe mein Gesicht.

»Sie ist nicht eingeritten, du erinnerst dich an meine Bruchlandung im See, oder?« Wie kann er das vergessen? Mir ist das noch sehr im Gedächtnis.

»Ach ja, da war ja was.«

»Ja, da war was.« Ich nicke müde.

»Es müsste für Pferde so was wie ein Checkheft geben«, überlegt Bruno.

»Gypsy ist doch kein Auto.«

»Ich weiß, aber es würde sich gut machen, wenn man nachlesen könnte, wie der Ausbildungstand eines Ponys ist, wann es das letzte Mal zum TÜV war und wann der nächste Wartungstermin ist.«

»Du Spinner.« Mehr fällt mir dazu nicht ein.

»Aber wir müssen doch weiter«, mischt sich Marei besorgt ein und setzt sich auf einen großen Stein am Wegrand.

»Ja, hast du vielleicht auch eine Lösung parat?« Das ist mir schließlich auch klar.

»Nein, aber ich bewundere das Problem. Jetzt boykottiert der Gerettete seine Retter. Ist denn das zu fassen?« Marei bindet sich ihr Kopftuch neu. Ich wünschte, das hätte einen ähnlichen Effekt wie wenn Wickie, der Wikinger, sich an der Nase kratzt. Ein paar Sternchen der Erleuchtung und zack ist die richtige Idee da. Das wär's.

»Sie kann doch auch nichts dafür, dass sie den Ernst der Lage nicht versteht«, entschuldige ich Gypsys Sturheit.

»Vielleicht lässt sie sich mit Futter locken«, meint Bruno, verschwindet im Wagen und kommt mit etwas Brot zurück.

Mir ist gerade ein bisschen zum Flennen zu Mute. Wir sind so kurz vor dem Ziel und ich bin erschöpft und könnte mal wieder eine Dusche vertragen. Und was geschieht, wenn wir hier nicht weiterkommen. Wen sollten wir um Hilfe bitten?

Bruno stellt sich vor das Pony und lockt es mit Brot.

»Komm, du schönes Pferdchen, rette deinen eigenen Hintern und zieh«, redet er auf sie ein. Gypsy macht einen langen Hals und angelt mit den Lippen nach dem Brot.

Ich gehe derweilen nach hinten und betrachte das hintere Rad, das tief in einer Sandkuhle steckt.

»Einer müsste schieben und jemand anderes sich seitlich gegen den Wagen stemmen, damit der Reifen wieder freikommt«, überlege ich laut.

»Das ist richtig, das ist mir auch schon durch den Kopf gegangen. Wir müssen die Kutsche stabilisieren, damit Gypsy es leichter hat. Dann könnte es klappen. Was aber genauso wichtig ist: Wir müssen sofort ein gutes Tempo erreichen, damit wir die nächsten zwanzig Meter überstehen«, meint Bruno und deutet voraus. »Dort kommen noch zwei so Löcher, dann erst wird es besser.«

»Das kann ja heiter werden«, brumme ich.

Marei zieht scharf die Luft ein, als Gypsy sich entscheidet für das gut duftende Brot einen Huf vorwärtszusetzen. Sie legt sich ins Zaumzeug.

»Klara, übernimm du!«, ruft Bruno mir zu und ich renne nach vorn. Bruno eilt ans Heck. Marei stemmt sich auf Höhe des versunkenen Rades gegen die Kutsche.

»Also, auf los geht's los!«, ruft Bruno und ich muss mich schon über seinen Ton wundern. Mir gefällt, dass er nicht mehr so unsicher klingt wie sonst. Vielleicht wird er ja durch unseren Ausflug ein echter Superman. Krass!

»Komm Gypsy, brave Gypsy«, locke ich das Pony und ziehe ihr das Brot wieder aus dem Mund. Das gefällt ihr gar nicht. Die Kutsche bewegt sich. Bruno stöhnt, als er mit aller Kraft schiebt.

»Ja, es klappt, weiter so!«, höre ich Marei angestrengt sagen.

»Komm, du Gute«, versuche ich es weiter und zupfe am Zügel. Gypsy schnaubt. Ich sehe einen Vorwurf in ihren Augen aufblitzen, weil ich sie immer nur am Leckerbissen knabbern lasse und es ihr nicht gebe.

»Hauruck!« Bruno schafft es, die Kutsche aus der Senke zu kriegen. Marei rennt neben dem Wagen her, versucht ihn auch zu schieben. Ich juchze. Es klappt!

»Weiter, weiter, bis wir durch die Sandkuhlen sind!«, kommandiert Bruno. Ich renne rückwärts, das Brot immer vor Gypsys Nase. Sie wird schneller. Schritt um Schritt kommt sie mir nach. Ein Ruck geht durch ihren Körper hindurch, als der Wagen durch das nächste Loch holpert und wieder freikommt.

Ich schnaufe und falle fast hin. Rückwärtslaufen ist doof.

»Gleich sind wir durch!«, freut sich Marei und sie lacht. Ihre langen Röcke wickeln sich gefährlich um ihre Beine.

Dann passiert es, die Kutsche bleibt wieder hängen. Bruno rutscht aus und fliegt in den Dreck. Ach du meine Güte!

»Alles gut, nichts passiert!«, ruft er uns zu. Marei wirbelt herum, stolpert beinahe.

»Wir dürfen nicht anhalten.« Das wäre fatal.

Gypsy wird langsam sauer, weil sie das Brot immer noch nicht hat. Sie schlägt mit dem Kopf und wiehert schrill.

»Jetzt, alle zusammen! Eins, zwei, drei …« Bruno hat wieder alles im Griff. Gypsy hat den Plan nicht kapiert und läuft plötzlich rückwärts.

»Nein, stopp!« Ich zerre am Zügel, weil sie mit der Kutsche fast Bruno überfährt. Das Pony reißt die Augen erschrocken auf, weil ich zu panisch werde, und sie springt viel zu unverhofft vorwärts. Marei stemmt sich wieder gegen die Kutsche, versucht sie wie zuvor gerade zu halten. Plötzlich galoppiert Gypsy an. Zuerst tanzt sie auf der Stelle, dann bekommt sie die Kutsche frei und gewinnt an Tempo.

Bruno ruft eine Warnung. Marei schreit und stürzt zu Boden. Ich kann nichts anderes machen, als mit Gypsy loszurennen, die den Wagen befreit und die nächsten Meter aus der Gefahrenzone zieht. Dann schnappt sie sich mein Brot. Ich halte es lose in der Hand. Den Blick entsetzt auf den Weg hinter mir gerichtet. Bruno rennt zu meiner Freundin, die reglos im Gestrüpp liegt. Alles läuft in Zeitlupe vor mir ab. Für einen Moment denke ich, sie ist tot. Meine Marei.

Ich bin wie erstarrt. In meinem Kopf spielen sich die schlimmsten Dinge ab. Ich stehe mit Mareis Eltern an ihrem Grab und lese die Inschrift auf einem Stein:

Hier liegt Marei,
Freundin, Musketier und geliebte Tochter.
Gestorben als Traveller-Mädchen mit edlem Herzen.

»Klara!«, reißt mich Brunos Stimme aus der Starre. »Hilf mir!«

Ich binde Gypsy locker an einen Ast, der über den Weg ragt.

»Was ist passiert?« Mit fliegendem Herzschlag laufe ich zu den beiden. Marei rührt sich und ich falle vor ihr auf die Knie. »Marei, was ist passiert?«

»Nicht bewegen«, befiehlt Bruno und schiebt mich ein wenig zurück. Marei stöhnt und öffnet die Augen. Tränen laufen ihr übers Gesicht.

»Oh Gott, du lebst, da bin ich aber froh«, höre ich mir selbst zu. Ich greife ihre Hand. Sie ist ganz kalt.

»Mach langsam, du bist unters Rad gekommen«, erklärt Bruno, der das Unglück gesehen hat.

»Ich bin was?!«, quiekt Marei jetzt panisch und schaut an sich herunter. »Werde ich verbluten?«

»Nein, wirst du nicht«, hoffe ich und helfe ihr, sich aufzurichten.

»Das wird jetzt wehtun«, meint Bruno und schiebt ihren Strumpf runter. Ein recht hässliche Wunde kommt zum Vorschein.

»Oh nein, ist mein Fuß etwa ab?«, fragt Marei mit großen Augen.

»Nein, es sieht schlimmer aus, als es ist«, antwortet Bruno ruhig.

»Woher willst du das wissen, bist du jetzt Scheißarzt, oder was?«, frage ich, weil ich gerade total in Panik gerate, aus Sorge um Marei, und noch dazu kann ich überhaupt kein Blut sehen. Und mir wird tatsächlich schwindelig.

»Klara, du solltest jetzt besser die Nerven behalten. Als Anführerin dieser Mission ist das deine Pflicht«, erinnert mich Bruno altklug.

Oh, wie recht er hat. Und ich kann nicht anders. Ich fange an zu heulen.

»Es tut mir alles so leid, meine große Klappe und das alles hier. Wir brechen die Aktion ab. Hier und jetzt.«

Marei zieht scharf die Luft ein, als Bruno ihre Wunde begutachtet. Dann fordert er mit einer Handbewegung Mareis Kopftuch.

»Spinnst du?« Ich denke zuerst, sie meint Bruno, der ihr Bein gerade macht und mit dem Stoff die Wunde abtupft. Das Rot des Blutes frisst die schönen Muster.

Marei funkelt mich böse an. »Wir brechen hier gar nichts ab. Glaubst du, ich bin umsonst fast gestorben?«

Ich schniefe und wische mir die Nase mit meinem Ärmel ab.

»Aber, du musst ins Krankenhaus«, überlege ich. Bruno

geht zur Kutsche und kommt mit Wasser und einem sauberen Handtuch wieder. Ohne Vorwarnung spült er die Wunde aus. Marei schreit wie am Spieß. Gypsy erschrickt und antwortet mit einem Wiehern.

»Spinnst du?«, frage ich und drücke Mareis Finger.

»Es muss gesäubert werden, oder nicht? Hast du noch nie etwas über Wundinfektionen gelesen?« Marei presst ihre Lippen zu einem Strich zusammen. Am Fußgelenk sickert weiter Blut heraus und Bruno legt das Handtuch darum. »Wir müssen unter jedem Umstand vermeiden, dass sie Bakterien in den Schnitt bekommt.«

»Muss es nicht genäht werden?«, frage ich. Es sieht echt tief aus. Mir wird schlecht. Ich stöhne auf und setze mich auf den Hintern.

»Nein, so schrecklich tief ist es nicht. Das wird wieder.«

»Aber es tut echt weh«, jammert Marei. Bruno schiebt den Stoff ihrer Hose weiter hinauf.

»Kannst du das Bein denn bewegen?«, fragt er fachmännisch und Marei versucht mit dem Fuß zu wackeln.

»Autsch, autsch. Ich glaube nicht.«

»Oje, ist es gebrochen?«, stoße ich aus.

»Tsch«, macht Bruno in meine Richtung.

»Hey, tschsche mich nicht an, ja?«, protestiere ich völlig durcheinander.

»Dann mach Marei halt keine Angst«, tadelt er und mir fällt erst jetzt auf, wie panisch sie mich ansieht. Ich tätschle ihre Hand.

»Alles wird gut, versprochen«, sage ich.

Sie nickt stumm.

»Es ist nicht gebrochen«, beruhigt Bruno uns, der sich alles ganz genau anguckt. Gott, wie kann er das schaffen, bei so viel Rot?

»Es ist eine Prellung ...«

»Oh, gut«, falle ich ihm ins Wort.

»... und die ist oft schmerzhafter als ein Bruch.«

»Oh, gar nicht gut.«

»Und die Schnittverletzung tut ihr Übriges.« Bruno schaut in den Himmel und ich kann es nicht fassen, dass es jetzt auch noch anfängt zu regnen.

»Wir sollten Marei in die Kutsche bringen«, meint Bruno.

»Kannst du aufstehen?«, frage ich Marei und versuche sie zu stützen. Doch sie knickt sofort wieder ein.

Bruno handelt. Er schiebt seine Arme unter Mareis Körper und hebt sie hoch. Seine Miene verrät, wie schwer es für den Spargeltarzan sein muss. Ich eile vor ihm her und öffne die hintere Tür. Als er Marei auf das Bett setzt, ist er rot wie eine Tomate. Und Marei schaut ihn an wie Julia ihren Romeo. Mich stört das plötzlich gar nicht mehr. Ganz im Gegenteil, ich freue mich, dass sie von ihrer Verletzung abgelenkt ist.

»Was tun wir denn jetzt?« Unruhig tigere ich in der Kutsche auf und ab.

»Na, wir fahren weiter«, sagt Marei. Bruno sieht unglücklich aus.

»Und wenn du krank wirst?« Ich grüble. Gegen was muss man noch geimpft werden, wenn man sich Tierbisse oder Verletzungen an schmutzigen Gegenständen zuzieht? Ich war mal an einer rostigen Schraube hängen geblieben und hatte mir die Hand aufgerissen. Die Wunde war nicht schlimm, aber ich bin einfach umgekippt, als das Blut herausquoll. Beim Arzt hab ich dann eine Spritze bekommen.

»Bist du gegen Tetanus geimpft?«, fragt Bruno, als hätte er meine Gedanken gelesen.

»Ich glaube schon.«

»Das ist gut. Denn Wundstarrkrampf, so nennt man Tetanus, wird durch bestimmte Bakterien übertragen, die sogar in

Staub auf der Straße vorkommen können. Und es endet oft tödlich, deshalb sind Impfungen so wichtig.«

»Okay, Mister Lexikon. Aber, die wichtige Frage ist doch, braucht Marei einen Arzt? Und wo bekommen wir den her?«

»Wir dürfen unsere Mission nicht gefährden«, mischt Marei sich ein. Gypsy wiehert draußen, als wolle sie an sich erinnern.

»Deine Gesundheit geht vor«, bestimme ich. Mareis Mund klappt auf, ohne dass sie was sagt. Sie ist blass und ich mache mir wirklich Sorgen.

»Also, Fakt ist: Wir brauchen Medikamente. Etwas gegen Schmerzen und was Entzündungshemmendes«, bestimmt Bruno.

»Häh?« Was soll das denn sein?

»Ibuprofen zum Beispiel. Und Verbandsmaterial und Jod, zur Desinfektion.« Bruno grübelt.

»Schau mal in das Regal.« Marei deutet in die Küchenzeile. Ich finde eine alte Dose mit Pflasterstreifen.

»Okay, das reicht nicht.«

»Wohl wahr.« Bruno sieht mich entschlossen an. »Wir fahren in den nächsten Ort und ich werde in eine Apotheke gehen.«

Oje.

»Wir haben kein Geld mehr«, erinnere ich ihn.

»Ja, aber ich habe immer noch meine EC-Karte. Damit kann ich bezahlen und alles kaufen, was wir brauchen.«

»Aber du hast gesagt, damit kann man feststellen, wo du dich aufhältst. Laut CSI aus dem Fernsehen«, zitiere ich Bruno, der ein Fan dieser Kriminalserien ist.

»Du hast recht. Und zudem könnte ich erkannt werden, aber wir müssen das Risiko eingehen. Für Marei.« Er schaut in dem Moment zu ihr, als sie ihr Gesicht vor Schmerz verzieht.

»Da stimme ich dir ausnahmsweise mal zu.« Nichts ist gerade wichtiger als meine Freundin. Marei legt sich aufs Bett. Sie ist so tapfer.

»Also, worauf warten wir noch?«, fragt Bruno und ich verlasse die Kutsche. Gypsy freut sich, mich zu sehen, als ich zu ihr gehe.

»Ach, Gypsy. Wir müssen jetzt ganz viel Glück haben«, sage ich zu ihr und mache sie startklar. Sie schnaubt zustimmend, während ich auf den Kutschbock klettere.

Ich wünschte, das Tagebuch von Esme könnte uns einen alten Zauber verraten, mit dem man sein Schicksal günstig beeinflusst. Ich schnalze mit der Zunge und bete, dass der Weg so bleibt, wie er jetzt ist. Die Stute trabt an, wir holpern über Baumwurzeln und Steine. Der Regen nimmt zu und ich atme erst auf, als wir auf eine geteerte Straße kommen. Gott sei Dank!

12

SUPERMAN

Die Zeit vergeht im Schneckentempo und ich fühle mich ein bisschen einsam. Trotzdem Gypsy neben mir steht und aus dem Eimer Hafer frisst. Marei liegt im Bett und schläft. Bruno ist tatsächlich mit dem Rad in den nächsten Ort gefahren, um Medikamente zu holen. Die Minuten laufen gegen uns. Bald schon würden die Geschäfte und die Apotheke schließen.

Ich blicke in den Himmel. Schwalben ziehen ihre Bahnen, fliegen tief über Felder und schnappen sich Insekten.

Heimweh schnürt mir meine Kehle zu und ich denke an zu Hause. An Embla, Thelma und Louise. An meine Eltern und unseren Hof. Hier kennen mich nicht mal die Schwalben und die Fremde wird mir beinahe zu viel.

Gypsy kaut selig und blickt mich aus ihren klugen Augen an. Ich flechte ihr die Haare und wünsche mir ein Happy End für uns alle.

Als ich am Horizont eine Gestalt entdecke, erfasst mich

Unruhe. Doch dann erkenne ich Bruno, der mit einem Affenzahn auf uns zuhält.

»Hast du alles bekommen?«, rufe ich ihm entgegen und nehme Gypsy zu ihrem Entsetzen den Eimer weg. Sie murrt und scharrt mit den Hufen, um ihn wiederzubekommen.

»Ja, aber wir haben ein weiteres Problem«, kündigt er an. Auf seiner Stirn stehen Schweißperlen und seine Brille ist beschlagen.

»Noch mehr? Der Teufel scheißt aber auch immer auf den größten Haufen«, schimpfe ich und nehme die Tüte mit Verbandsmaterial entgegen.

»Das ist wohl so. Ich wurde erkannt und jetzt wird die Polizei nach mir suchen. Es ist wie verhext. Das alles erinnert mich unweigerlich an eine Stelle in *Der Herr der Ringe*, als die Nazgûls die Ringträger beinahe erwischen.«

»Was zum Geier …?«, stoße ich aus. »Was ist denn passiert?« Mit dem Buch kenne ich mich nicht aus, verdammt! Muss ich erst ein Bücherwurm werden, bevor ich diesen Jungen verstehe?

Ich helfe Bruno, das Rad in die Kutsche zu bekommen. Sein Superman-T-Shirt ist ganz feucht vom Schwitzen. Er muss wirklich wie ein Irrer zu uns gefahren sein.

»Ich habe an einem Automaten Geld gezogen, so weit war alles gut und lief nach Berechnung«, beginnt er zu erzählen. »Als nächste Aktion habe ich mir eine Apotheke gesucht und mir die Medikamente und das Verbandsmaterial geben lassen. Der Mann in seinem weißen Kittel hat mich seltsam lange warten lassen und mir kam der Gedanke, dass etwas nicht stimmt. Nachdem ich gezahlt hatte, wollte ich los, da kam er mir nach und fragte mich nach meinem Namen. Ich war so perplex, dass mir nur der Name Frodo Beutlin einfiel.«

»Frodo?«, widerholte ich. »Du hast ihm gesagt, du heißt wie der Held aus *Herr der Ringe*?«

»Sieht so aus.« Bruno schließt die Tür hinter uns.

»Ich dachte, du bist klug!« Mann, darauf muss man erst mal kommen.

»Ja, das denke ich auch oft. Und dann mache ich solche Sachen«, antwortet Bruno angespannt und wuchtet das Rad aus dem Weg, um zu Marei zu kommen. Sie schläft immer noch tief und fest auf dem Bett. Ich frage mich, ob man eine Bombe neben ihr zünden könnte, ohne dass sie aufwacht. Sie ist echt fertig.

»Und dann?«, will ich wissen.

»Der Apotheker hat mir den Weg versperrt.«

Krass.

»Was hast du getan?«

»Mir gewünscht ich hätte einen Ring, der mich unsichtbar macht.«

»Hast du den Apotheker ausgeknockt?« Ich stelle mir Bruno vor, mit wehendem roten Umhang und zurückgekämmtem Haar, wie er Superkräfte entwickelt und den Laden auseinandernimmt.

»Nein, ich habe ihn über Artikel 104 im Grundgesetz aufgeklärt.«

»Über was?« Wovon redet der denn jetzt schon wieder?

»Die Freiheit der Person ist ein Grundrecht. Niemand darf jemanden einfach festhalten. Das ist Freiheitsberaubung und eine Straftat.«

Genial!

»Und dann bin ich einfach gegangen. Allerdings bin ich mir sicher, dass er mich als das vermisste Kind auf den Steckbriefen erkannt hat. Denn er hatte mich noch gefragt, ob ich aus Berlin sei.«

»Dann sollten wir sehen, dass wir weiterkommen«, schlage ich vor.

»Erst verarzten wir Marei«, stellt Bruno klar und setzt sich vorsichtig zu ihr auf die Matratze. Dann desinfiziert er seine Hände. Ich schaue ihm dabei zu, wie er total sanft seine Finger an ihre Wange legt, um sie zu wecken. Ich für meinen Teil kenne den Schlaf meiner Freundin und fackle nicht lange. Ich beuge mich zu ihr rüber und schnipse ihr gegen die Nase. Das hilft immer. Sie öffnet die Augen und blinzelt uns an.

»Sind wir schon da?«, fragt sie. Dann erinnert sie ihr Bein an den Unfall und sie jammert.

»Oh, au au.«

»Bruno ist zurück. Wir wollen dich verbinden, damit du wieder einsatzbereit bist«, erkläre ich.

Ich packe alles aus, was in der Tüte ist. Und Bruno nimmt das Handtuch von Mareis Bein. Sie beißt die Zähne zusammen, als die Verletzung freigelegt wird.

»So, das kann jetzt ein ganz kleines bisschen brennen«, warnt Bruno mit dem Jod in der Hand.

»Warte, warte«, sagt Marei und zieht das Bein weg.

»Ich muss mich erst darauf vorbereiten.« Sie atmet tief durch. »So jetzt.«

Bruno kommt näher.

»Oh, Moment«, quietscht sie erneut. Das Spielchen geht so

weiter und ich schaue auf die Uhr. Es dämmert bald und es wird Zeit zu fahren.

»Jetzt reißt mir aber so langsam der Geduldsfaden, gib her, ich mach das«, kommandiere ich und nehme ihm das Jod ab. Marei zischt, als ich es sacht auf die Wunde gebe. Bruno übernimmt und verteilt es.

»Oha, gebt es zu, ihr mögt es, wenn ich leide.« Marei grinst gequält.

Ich reiche Bruno den Verband und er legt ihn so geschickt an, als hätte er das schon hundert Mal gemacht, ich kann nichts dagegen tun, aber Bruno wird immer mehr mein persönlicher Superman. Und Mareis Blick nach zu urteilen ihrer auch. Wobei sie dabei irgendwie irreparabel geschädigt aussieht. Ob sie wirklich verliebt ist? Und wenn ja, sieht das immer so ungesund aus? Dann möchte ich das bitte nie mitmachen.

Endlich fahren wir los. Marei sitzt zwischen Bruno und mir und wir drei teilen uns eine Decke, die unsere Rücken wärmt.

»Wenn wir ein Stück über die Bundesstraße fahren, sparen wir mehr als zwei Stunden«, überlegt Bruno und zeigt auf einen Punkt der Karte. »Seht ihr? Wir müssen diesen Bogen dann nicht machen.«

»Ja, aber dann bewegen wir uns nicht mehr unter dem Radar«, gibt Marei zu bedenken und bettet ihr Bein höher. Sie hat mindestens zwei Schmerztabletten intus und bessere Laune als ich.

»Ich habe das Gefühl, alles ist nur noch eine Frage der Zeit. Mich suchen sie jetzt hier im Umkreis. Wir müssen schnell sein. Nicht mehr auf Umwegen«, erinnert Bruno.

»Du hast recht, wir werden das Risiko eingehen. Du weißt ja, wo der Schrank ist«, antworte ich und lenke Gypsy bei nächster Gelegenheit auf eine Landstraße. Autos fahren vorsichtig an uns vorbei. Bruno klettert nach hinten, damit ihn niemand sieht.

»Wie geht's dir?«, frage ich Marei, als wir alleine sind.

Sie lächelt mich an. »Das wird wieder. Es pocht ganz schön im Fußgelenk. Aber wenn ich alles ruhig halte, geht es.«

»Wirklich?«, frage ich besorgt. Ich fühle mich irgendwie für den Unfall verantwortlich.

»Konntest du Gypsys Druckstelle mit der Salbe versorgen?«, lenkt Marei das Thema auf die Stute.

»Ja«, antworte ich knapp. Ich habe Gypsy Stoff über die empfindliche Haut gelegt. Das sollte ihr ein wenig Linderung verschaffen. Und die Stute sieht zufrieden aus, wie sie so vor sich hin spaziert. Ihr Hufschlag ist gleichmäßig und lullt einen geradezu ein.

Nur nicht müde werden, Klara.

»Findest du nicht, dass Bruno echt ein Gewinn für unsere Mission ist?«, will meine Freundin von mir wissen. Ich denke an den Tag zurück, als er uns den Weg versperrte und sich quasi selbst einlud mitzufahren. Ich muss grinsen.

»Gewinnen ist gut, ich gewinne gerne.«

Marei lehnt sich zu mir rüber und flüstert: »Findest du nicht auch, dass Bruno etwas von den Prinzen in den Disneyfilmen hat?«

Ich glaube, ich hör nicht richtig! Das Aussehen kann's ja nicht sein. Beinahe drehe ich mich nach hinten um, um das zu überprüfen. Marei kichert leise und streicht sich ihre blonden Haare aus dem Gesicht.

»Das finde ich ganz und gar nicht«, sage ich leise.

»Ich finde es schade, dass er so weit weg wohnt. Wenn die Ferien vorbei sind, werden wir uns lange nicht mehr sehen. Das ist echt traurig.«

»Das ist Unsinn, schade … pff«, antworte ich cool und spüre ganz deutlich einen Stich dabei. Denn es ist wirklich blöd, ich fange gerade an, mich an ihn zu gewöhnen.

»Unsinnig ist ein Leben ohne Unsinn, Klara. Das müsstest du doch wissen«, sagt Marei und zwickt mich in die Seite. Sie kennt mich, sie errät meine wahren Gedanken und lächelt selig.

Ein Auto fährt langsam an uns vorbei. Ein Blitz lenkt meinen Blick zu ihm. Jemand hat ein Foto von uns gemacht.

»Was machst du als Erstes, wenn wir wieder zu Hause sind?«, will Marei wissen.

»Ich kann mich zwischen Duschen und Pizzaessen nicht entscheiden«, gebe ich zu.

»Was, wenn deine Tante Gypsy nicht nehmen will? Was ist, wenn sie uns wegschickt?« Diese Frage spukt mir seit geraumer Zeit im Kopf umher. Erwachsene können so unberechenbar sein wie das Wetter.

»Das wird sie nicht. Ich kenne sie«, sagt Marei. Ich beiße mir auf die Unterlippe. Das hatte ich schon mal gehört, als wir noch klein waren und nach dem Kettenkarussell in die Geisterbahn wollten, ohne ihrer Mutter Bescheid zu geben. Sie hatte dabei unterschätzt, wie schnell Ungeduld in Panik übergehen kann. Und dass darauf Hausarrest folgen würde.

Bruno pennt und sein Schnarchen wird laut. »Hört, hört.

Bei deinem Prinzen haben sie ein Ferkel mit eingekreuzt«, scherze ich und Marei hebt zögerlich die Hand zu einem Gruß. Jemand in einem Auto glotzt uns an und zückt dann sein Handy. Verrückt. Umso näher wir der Grenze kommen, desto mehr scheinen wir einem Weltwunder zu gleichen. Als wäre unsere Gypsy und die bunte Kutsche so interessant wie eine Ufosichtung.

»Sag mal, fällt dir was auf?«, fragt Marei.

»Ja«, sage ich nur und mein Magen zieht sich schmerzlich zusammen. Ich versuche, die Spaziergänger auf dem Fußweg zu ignorieren.

»Filmen die uns wegen unserer schönen Gypsy?«, überlegt Marei.

»Ich weiß es nicht.«

Bruno schreckt von der Matratze hoch. Ein Handy klingelt, es ist meins.

»Das ist deine Mutter«, sagt Bruno, als er es aus meiner Tasche zieht und aufs Display schaut. Wenige Sekunden später mischt sich ein zweites Klingeln in den Sound ein. Mareis Telefon.

Marei und ich schauen uns an wie erschrockene Kaninchen, fehlt nur noch, dass wir mit den Nasen wackeln.

»Denkst du dasselbe?«, fragt sie mich. Ich schlucke trocken. Das Klingeln der Handys wird gefühlt lauter. Und es hört nicht auf.

Bruno kommt nach vorne und gibt sie uns. Ich starre auf das Display. Im nächsten Moment kommt ein SMS rein. Mit einer Hand öffne ich sie, mit der anderen versuche ich das Pony weiter im Schritt zu halten. Unsere Aufregung liegt in der Luft und Gypsy nimmt sie wahr.

»Wir sind aufgeflogen«, raune ich, während ich lese.

Wo seid ihr? Ruf mich sofort an, steht in den Zeilen meiner Mutter. Mareis Handy klingelt weiter.

»Soll ich rangehen?«, fragt sie verzweifelt.

»Wir sollten sie ausschalten. Sonst kann die Polizei uns orten«, brummt Bruno und legt seine Hände tröstend auf unsere beiden Schultern.

»Wir sollten unsere Eltern aber zuerst beruhigen, meint ihr nicht?«, schlage ich vor und mein schlechtes Gewissen schnürt mir die Kehle zu. Marei macht stumpf ihr Handy aus. Meines beginnt klagend zu klingeln und ich gebe es Bruno. Ich halte das gerade nicht mehr aus. Meine Nerven sind auch nicht mehr das, was sie mal waren.

»Hier steht, dass Herr Fassbinder eine Anzeige gemacht

hat. Er hat den Wagen und das Pferd als gestohlen gemeldet und euch dafür beschuldigt«, liest Bruno vor.

»Der ist ja gar nicht so doof, wie ich dachte«, brummt Marei. Ich schnalze mit der Zunge und lasse Gypsy antraben.

»Oh«, sagt Bruno.

»Was, oh? Kannst du bitte genauer werden?« Ich kann jetzt wirklich kein einfaches *Oh* gebrauchen.

»So wie es aussieht, läuft schon eine Fahndung. Nach uns dreien, im Übrigen.«

Oh.

Bruno tippt etwas in mein Handy ein.

»Was tust du?«, frage ich tonlos.

»Ich sage ihnen, dass du morgen wieder erreichbar bist. Und dass sie sich keine Sorgen machen sollen.«

Dann macht er mein Handy auch aus. Wir sitzen eine ganze Weile schweigend nebeneinander. Die Sonne gleitet über den Himmel und sinkt. Nicht mehr sehr lange und sie wird untergehen. Gypsy schwitzt vom Laufen. So langsam braucht sie eine Pause. Und doch möchte ich keinen Stopp einlegen.

»Es war ja eh nur eine Frage der Zeit, bis einer eins und eins zusammenzählt und wir gesucht werden«, sagt Marei nach einer Weile.

»Ich hab gehofft, dass der Fassbinder gar nicht merkt, dass Gypsy weg ist.« Ich denke an das Gerede über diesen Griesgram. »Es heißt, er verschlafe manchmal ganze Tage. Also, warum nicht den Termin, an dem Gypsy von dem Schlachter abgeholt werden sollte.«

»Na, ganz einfach. Weil es um Geld geht. Er bekommt schließlich den Schlachtpreis für ein Pferd. Und davon kann man neuen Schnaps kaufen«, sagt Marei finster. »Der Cousin von meinem Vater mag gerne Bier. Und für das würde der sogar seine Mutter verkaufen, sagt Papa.«

Wir sind auf direktem Kurs zum Grenzübergang. Uns trennen nur noch ein riesiger Wald und etwa fünf Kilometer. Als wir an einen kleinen Brunnen kommen, der an einer Kreuzung dreier Radwege steht, halten wir an.

Marei humpelt nach hinten und schmiert uns die letzten Brote zur Stärkung. Bruno hilft mir, Gypsy zu tränken. Die Stute säuft das frische Wasser in langen Zügen. Mit einem Schwamm spüle ich ihr den Schweiß aus dem Fell und trockne sie anschließend sorgfältig mit einem T-Shirt ab. Ich bin so dreckig wie schon lange nicht mehr, aber das ist mir egal. Gypsy freut sich, als ich ihr wieder von dem Hafer gebe, den ich von zu Hause für sie mitgebracht habe. Ich will sie nicht vom Wagen abspannen, zu groß ist die Sorge, dass jemand uns finden könnte.

»Denkst du, sie schafft es, die Nacht durchzulaufen?«, fragt mich Bruno. Seine Stimme ist ernst.

»Ich denke schon. Sie ist sehr stark.« Ich hoffe, ich irre mich nicht. Die Möglichkeit, ein Pferd zu Tode zu hetzen, gibt es ja schließlich auch. Oder etwa nicht?

13

ZUM ABSCHUSS FREIGEGEBEN

Wir sind nur noch eine Stunde von der Grenze entfernt. Das winzige Stück, das wir erneut über eine Straße müssen, bringt uns einen Schockmoment.

»Heilige Scheiße«, stößt Marei aus. »Ich sage es ja nur ungern, aber da kommt was von hinten.«

»Was kommt?«

»Unheil. Das Verderben«, meint Bruno, als er Marei nach vorne zu mir hilft.

»Die Bullen«, schließe ich aus ihrer Aussage und schaue zurück. Und tatsächlich, ein blau-weißes Fahrzeug setzt zum Überholen an.

Fieberhaft überlege ich, was zu tun ist.

Er fährt jetzt auf unsere Höhe und lässt gefühlt in Zeitlupe sein Fenster herunter. Mein Herz schlägt mir bis zum Hals, denn ich kann es nicht glauben. Es ist der Polizist von heute Morgen. Auch das noch.

»G. Wegmann?«, ruft er mir sichtlich angefressen zu. »Sehr witzig, wirklich.«

Ich kann ihn nur anstarren. Bruno hat sich nach hinten verkrümelt.

»Anhalten, sofort«, fordert der Polizist.

»Das geht leider nicht«, rufe ich ihm entgegen. »Es tut mir sehr leid, aber Sie müssen uns weiterfahren lassen.«

Er lacht ungläubig. »Ihr haltet umgehend diese verdammte Kutsche an, oder … oder …«

Ich lasse Gypsy antraben. Der Polizist flucht zwischen zusammengepressten Zähnen. Marei klammert sich am Sitz fest.

»Anhalten oder es passiert was!«, brüllt der Beamte. Er sieht jetzt wirklich sauer aus.

Bruno beugt sich zu uns.

»Ist es klug, das Pferd so schnell laufen zu lassen?«, fragt er mich. Gypsy läuft wie ein Traber. Unglaublich schnell. Wir fahren bestimmt 50 Kilometer pro Stunde.

»Hey, dich kenne ich doch!«, ruft der Polizist, der Bruno entdeckt. »Du wirst ebenfalls vermisst.«

Ebenfalls, also ist es amtlich, dass auch wir gesucht werden.

Ich habe die Straße fest im Blick. Als das Auto neben uns wieder schneller wird und zum Überholen ansetzt, lasse ich die Zügel auf Gypsys dicken Hintern klatschen. Sie springt sofort in den Galopp. Die Kutsche rast davon, mit einem Pulverfass davor.

»Oh Gott, Klara, bist du wahnsinnig?«, fragt Bruno. Nur kurz blicke ich in seine schreckgeweiteten Augen. Ich habe einen Plan. Und man soll sich doch immer auf seine Sinne verlassen, oder? Jetzt nehme ich einfach mal den Wahnsinn zur Hilfe. Ich zähle innerlich den Countdown. Nicht weit weg ist der Waldweg, den wir einschlagen müssen. Er sieht schmal aus.

»Nicht so schnell!«, kreischt Marei. Der Polizist schaut verbissen zu mir.

»Hüah!« Gypsys Ohren legen sich an, während sie noch eine Spur schneller wird. Ihre Hufe trommeln einen wilden Rhythmus auf dem Asphalt.

»Ich weiß, was du vorhast«, sagt Bruno und drückt meine Schulter. »Das könnte echt knapp werden.«

»Das hoffe ich doch«, knurre ich und konzentriere mich. Der Motor des Polizeiautos röhrt laut. Gypsy wird nervös und ich versuche den Kontakt zum Maul ganz ruhig zu halten.

Nicht durchgehen, Gypsy, bete ich.

Der Wagen überholt uns und bremst. Zu früh. Zehn, neun, acht … Jetzt zügeln.

»Brrrrr«, rufe ich und ziehe. Fünf, vier, drei … der Waldweg ist nicht mehr weit. Der Polizeiwagen wird uns stoppen.

Zwei, eins … und Vollbremsung. Gypsy wiehert verwirrt, aber gehorcht. Mit aller Kraft bremst sie unsere Kutsche und ich lenke sie nach rechts. Mit Karacho biegen wir ab. Die Fliehkraft zerrt an uns. Bruno stürzt und kracht zu Boden. Marei kreischt erschrocken, als die Kutsche mit zwei Rädern kurz in der Luft hängt. Ich halte den Atem an. Der Polizist steigt aus seinem Auto, hatte er doch damit gerechnet, uns zu stoppen. Er schaut uns blöde nach. Gypsy stellt ihren Schweif steil auf und trabt mit schwingenden Schritten den Weg entlang. Wir hoppeln durch Schlaglöcher und über Baumwurzeln.

»Du bist so verrückt«, haucht Marei begeistert.

»Danke, danke. Autogramme gibt's später«, hauche ich und versuche zu erkennen, ob die Polizei uns folgt.

»Mist«, schimpfe ich, als er tatsächlich mit dem Fahrzeug zurücksetzt. Doch dann … bleibt er stehen.

»Juhu!«, trällert Marei begeistert und wir geben uns ein High five. »Wie schön, dass er keinen Geländewagen hat.«

»Tja, der würde sich bei den Schlaglöchern sicher den Unterboden aufreißen und schließlich liegen bleiben«, überlegt

Bruno. Seine Augen glänzen vor Aufregung. Und mein Herz beruhigt sich langsam wieder.

»Ja, ich liebe es auch, wenn der Wahnsinn die Oberhand gewinnt und lachend an der Vernunft vorbeirennt. Man könnte ja alt werden und etwas vom Leben haben, so Hand in Hand mit der Vernunft.«

»Bruno, hörst du dir eigentlich selbst zu?«, frage ich und lache wie eine Irre.

»Nein, gerade eher nicht.«

»Das ist auch gut. Wenn Frodo dich hören könnte, würde er den Ring abgeben und nicht im Alleingang nach Mordor ziehen, um das Auenland zu retten. Nur, dass es dadurch dann kein Auenland mehr geben würde und kein Altwerden, du Depp«, verteidige ich mein waghalsiges Unternehmen.

»Vernunft hat noch niemanden geschadet«, regt sich Bruno auf.

»Du hast gleich 'nen Schaden, wenn du mich in dieser Stresssituation weiter herausforderst und ich keine Schokolade mehr habe«, knurre ich. Mann, meine Nerven.

»Du musst aber zugeben, dass du uns gerade hättest umbringen können.«

»Gut, dann gebe ich halt zu, dass es bei unserer Mission um Leben und Tod geht.« Ich blitze ihn wütend an und er zieht sich in die holpernde Kutsche zurück. Ich höre noch irgendetwas von »blöde Kuh« und »bescheuert«. Doch ich muss mich auf den Weg konzentrieren. Es wird bereits dunkel hier im Wald. Durch das Blätterdach sehe ich, wie sich der Himmel lila färbt.

Ich habe ein komisches Gefühl. Als hätten wir den Polizisten immer noch an den Hacken. Doch ich kann ihn nicht entdecken. Selbst mit Fernglas nicht.

»Hey Bruno, du bist doch gut in Mathe?«, rufe ich nach hinten. Marei guckt mich komisch an.

»Echt jetzt? Mathe? In diesem Moment?« Sie schüttelt den Kopf und starrt in die Ferne.

»Wie wahrscheinlich ist es, dass der Polizist aufgibt?«, möchte ich wissen. Ich meine, es gibt doch so was wie Wahrscheinlichkeitsrechnung, oder? Ich glaube, so was mal irgendwo gehört zu haben.

»Woher soll ich das denn wissen?«, fragt Bruno und sieht immer noch säuerlich aus.

»Na, kann man so was nicht errechnen? Du bist doch hier das Genie«, hake ich nach und mein Bauchgefühl wird schlimmer, als wir um die nächste Kurve fahren. Was verbirgt sich hinter den nächsten Büschen?

»Ich bin kein Genie und, ich kann mir nicht helfen, aber aus deinem Mund hört sich das nicht so nett an. Irgendwie, als wäre ich einer Krankheit erlegen.«

»Superman, bitte, tu was«, hauche ich entsetzt, als sich der wahr gewordene Horror hinter der letzten Biegung vor uns offenbart.

»Das war's dann wohl«, jammert Marei und rauft sich die Haare. Ich bremse Gypsy. Sie hält an. Wir stehen etwa zwanzig Meter vor zwei Polizeifahrzeugen, die den Weg blockieren. Die Beamten kommen schon auf uns zu. Und ich weiß nicht, was ich sagen soll, außer: »Schachmatt.« Meine Augen brennen und meine Kehle zieht sich zu. Und bald schon laufen mir Tränen der Verzweiflung über die Wangen. So kurz vor dem Ziel. Und es war alles umsonst.

»So, Schluss mit lustig. Hier kommt ja einiges an Straftaten zusammen«, sagt der Polizist, den wir schon zwei Mal losgeworden sind. Er lächelt und zeigt seine Zahnlücke. Bruno reicht mir ein Taschentuch aus seinem Rucksack, um die Tränen zu trocknen.

»Sie verstehen das nicht, wir tun das Richtige!«, sage ich so schnell, dass sich meine Worte überschlagen.

»Richtig in Schwierigkeiten steckt ihr, so sieht es aus«, ist seine Antwort. Sein Kollege, ein älterer Herr, stellt sich vor Gypsy und tätschelt ihr den feuchten Hals. Er sieht nett aus. Vielleicht versteht er mich?

»Bitte, Sie sehen aus wie ein guter Mensch, Herr …« Ich verstumme und sehe ihm ins runde Gesicht.

»Wachtmeister Müller, zu Ihren Diensten«, stellt er sich vor und nickt in unsere Richtung. Marei sitzt stocksteif neben mir.

»Ich kann verstehen, warum ihr das hübsche Ding gemopst habt«, sagt er und grinst schief. Gypsy genießt die Streicheleinheiten und schließt die Augen. Sie stellt einen hinteren Huf auf und beginnt zu dösen. Ihre Ruhe will ich haben.

»Herr Müller, Sie müssen uns weiterziehen lassen«, sage ich verzweifelt.

Der andere Polizist winkt Bruno, der gerade schnell die Tagebücher von Esme in seinen Rucksack stopft, vom Wagen runter.

»Runter da«, sagt er. »Habt ihr schon einmal an eure armen Eltern gedacht?«, fragt er vorwurfsvoll. »Du bist Bruno, der entlaufene Junge.«

Fast denke ich, er sagt ›entlaufener Sträfling‹.

»Wir können das erklären«, sagt Marei, als sie die Sprache wiederfindet.

»Erklärt das dem Weihnachtsmann, Mädchen«, brummt der Polizist und zückt einen Notizblock.

»Sie verstehen nicht, wir sind die Guten!« Hört der mir mal zu, verdammt?

»Aber natürlich. Diebstahl und Entführung gehört zu den ehrenhaftesten Dingen, die man in seiner Freizeit so machen kann, wertes Fräulein.« Er sieht mich eisig an.

Ich schnappe nach Luft.

»Sind Sie etwa sauer, weil wir Sie veräppelt haben?«, dämmert es mir langsam. Er kritzelt auf seinem Papier.

»Es tut mir sehr leid, sollte ich respektlos gewesen sein«, entschuldige ich mich. »Aber es geht um Leben und Tod. Der alte Fassbinder will Gypsy umbringen.«

Wachtmeister Müller sieht ein wenig hilflos aus. Der Jüngere kommt auf uns zu und zerrt jetzt Bruno vom Wagen, der ihm nicht schnell genug ist.

»Wer ist Gypsy?«, fragt er wenig interessiert dabei.

»Das Pferd, schätze ich«, meint Herr Wachtmeister Müller und spricht anschließend in ein Walky Talky.

»Zentrale, wir haben den 187. Alle Teenager sind festgesetzt, die Eltern können verständigt werden.«

»Sie machen einen großen Fehler«, versuche ich es erneut und sehe den Mann flehend an.

»Das glaube ich kaum. Und du kommst jetzt auch erst mal von der Kutsche runter«, fordert der mich ungeduldig auf.

»Und wenn nicht? Sie sollen mir erst mal zuhören.« Marei neben mir brütet etwas aus, ich sehe es an ihrem Gesicht. Ihre Miene ist angespannt und ihre Augen haben diesen bestimmten Glanz. Gypsy schnaubt, ich lasse die Zügel sinken und lege sie neben mich.

»Mädchen, alles Weitere klären wir auf dem Revier. Und alles, was du jetzt sagst, kann und wird vor Gericht gegen dich verwendet werden.«

Im Ernst? Ich sehe mich für einen kurzen Moment in einem orangen Overall, wie die Häftlinge im Fernsehen, und in Ketten gelegt natürlich. *Ich bitte um Verzeihung, Herr Richter, ich wollte nur die Welt retten. Aber dann hat es geregnet und mir ist das Glück ausgegangen. Ich plädiere auf nicht schuldig.*

Ich blinzle. Es wird dunkel hier am Waldrand. Irgendwo schreit ein Käuzchen. Das traurigste Geräusch der Welt.

»Es ist Ihnen also völlig egal, ob ein unschuldiges Wesen sein Leben verliert?«, frage ich fassungslos.

»Ich kann da nichts machen. Das Pferd ist im Besitz von Herrn Fassbinder. Der darf damit anstellen, was er will.«

»Aber er ist ein Tierquäler«, protestiere ich.

»Es gibt andere Wege als Diebstahl. Ihr hättet es kaufen können.« Er wackelt auffordernd mit den Fingern.

»Das ist es ja. Er wird sie nicht verkaufen, er will, dass sie stirbt.«

Marei steigt humpelnd auf der anderen Seite der Kutsche ab und sagt gar nichts. Was hat sie nur vor? Ein bisschen mehr Beistand würde ich mir ja schon von ihr wünschen.

»Und ich hoffe für euch, dass das Pferd okay ist. Sonst kommt noch eine Anzeige wegen Sachbeschädigung dazu«, lässt der Polizist verkünden. Der Wachtmeister Müller sieht mich milde an und meint: »Das Tier ist völlig gesund. Da braucht keiner Sorge haben.«

Mir hallt das Wort »Sachbeschädigung« durch den Kopf.

»Gypsy ist doch keine Sache. Sie lebt.« Wie kann er so was sagen, ohne vom Blitz getroffen zu werden?

»Vor dem Gesetz sind Tiere nur Gegenstände«, bestätigt Bruno traurig und plötzlich ist der Beamte oben bei mir und zieht mich einfach vom Kutschbock herunter. Ich bin zu überrascht und schreie auf. Bruno geht dazwischen. »Hey, tun Sie Klara nicht weh. Das ist Polizeigewalt!«, ruft er. Jetzt kommt Leben in Herrn Müller, der bis dahin nur am Rande stand. Handschellen klicken und fesseln Brunos Hände vor seinem Bauch. Meine Gedanken an Flucht lösen sich wieder auf. Wir können nichts tun. Die Kutsche kann nicht vor und nicht zurück.

»Ihr steigt jetzt alle brav ins Auto ein und wir fahren zur Wache. Dort werden eure Eltern sich eurer annehmen«, erklärt Wachtmeister Müller.

»Das geht nicht. Wir können Gypsy nicht einfach hierlassen«, widerspreche ich.

Die Polizisten tauschen einen langen Blick. Herr Müller kratzt sich nachdenklich am Kopf. »Oder wollen Sie, dass sich die Sache von alleine auf den Weg macht? Oder von jemand anderem geklaut wird? Oder zu Schaden kommt?«, zwitschert Marei, die jetzt bei Gypsy steht. Sie stützt sich an dem Pony ab und nur ihr blonder Schopf ist zu sehen.

»Da hat das Mädchen recht«, meint Herr Müller. »Kollege Meyer, ich würde vorschlagen, ich bleibe bei dem Pferd, bis die Zentrale jemanden schickt, um es abzuholen.«

Meyer also. Zahnlücken-Meyer, der keinen Spaß kennt und kein Erbarmen. Ich halte die Luft an. Marei winkt mich unauffällig zu sich herüber.

»Meine persönlichen Sachen nehme ich aber mit«, bestimmt Bruno und greift nach seinem Rucksack. Was wird das denn jetzt? Ist es für ihn etwa schon vorbei?

»Na gut, aber alles andere ist beschlagnahmt«, brummt Herr Meyer und bringt Bruno zum Auto.

»Kommt Mädchen, steigt auch ein«, ermuntert uns der pseudofreundliche Herr Müller. Er lächelt. »Es wird sich alles regeln lassen. Ihr braucht euch keine Sorgen zu machen.«

»Das würde ich nicht meinen, Herr Kollege. Da kommt ganz schön was auf die drei zu«, mischt der andere sich wieder ein. Schadenfreude ist manchen eben auch eine Freude.

»Ich will mich noch von Gypsy verbschieden«, bitte ich.

»Nichts da. Wir haben nicht ewig Zeit. Es warten noch wichtigere Aufgaben auf uns als dieser Kinderkram«, verkündet Herr Meyer-Gnadenlos.

»Sie besuchen die Hölle auch durch den Personaleingang, oder?«, zische ich ihm zu, als er meinen Arm greift. Herr Müller lacht und versucht es zu verbergen, indem er fortschaut.

»Herr Meyer, ich finde, Sie sollten den Mädchen ihre paar

Minuten lassen, in denen sie Abschied nehmen. Oder wollen Sie für ein Kindheitstrauma verantwortlich sein, Herr Kollege?«

Oh, guter Einwand! Ich schaue den Mann dankbar an. Mit einem Ruck lässt Polizist Meyer mich los und ich gehe zu Marei und Gypsy. Die Stute stupst mich auffordernd an, als ich mich vor ihren Kopf stelle. Sie riecht das letzte Leckerchen, das sich noch in meiner Jacke befindet.

»Ja, meine Schöne. Du sollst es haben«, sage ich leise zu ihr und gebe es ihr mit der flachen Hand. Der weiche Flaum an ihrem Maul kitzelt mich. Ich lehne meine Stirn an ihre und kann kaum atmen vor Trauer.

»Danke, dass wir diese Tage mit dir hatten«, flüstere ich. »Und bitte verzeih mir.«

Marei legt ihre Hand an meine Schulter. Die Polizisten haben so viel Anstand und lassen uns ein bisschen Raum für unsere Verzweiflung. Aber, Moment mal. Warum heult Marei gar nicht? Sie ist sonst viel näher am Wasser gebaut als ich. In ihrer Hand blitzt etwas silbrig im Dämmerlicht auf. Brunos Messer. Dieses Hightech-Ding aus der Schweiz mit Dosenöffnerfunktion. Und erst jetzt wird mir klar, dass Gypsys rotes Kutschgeschirr nicht mehr fest mit dem Pferdekörper verbunden ist. Man kann es einfach abstreifen wie eine alte Haut. Marei deutet ein Kopfschütteln an. Ich soll mir nichts anmerken lassen. Ich verschlucke mich an meiner eigenen Spucke. Bleib ganz cool, Klara.

»Wir werden dich immer lieben«, sage ich zu dem Tinkerpony. Meine Hände zittern ganz leicht. Marei geht etwas zurück, an die Seite. Sie streift das Leder von Gypsys Rücken. Dann geht alles ganz schnell. Sie schwingt sich hinauf und reicht mir die Hand. Gypsy versteift sich schlagartig, weil sie keine Reiter kennt. Immer noch nicht. Die Beamten, die sich eben noch unterhalten haben, wirbeln herum.

Das Pony macht einen Satz nach vorne und bockt. Beinahe verfehle ich den Arm von Marei, der es schwerfällt, gerade zu sitzen. Dann schließen sich ihre Finger um mein Handgelenk. Keine Ahnung, wie ich es hinter sie auf den Rücken schaffe. Und erst recht nicht, wie ich das Pony vorwärtsbekomme. Doch es passiert. Es ist, als sprenge Gypsy die Ketten. Als strample sie sich mit uns zusammen frei. Fast stolpert sie über die langen Führleinen.

»Stehen bleiben!«, schreit der Bulle. Er zieht seine Waffe. Ich weiß nicht, wie mir geschieht. Marei klammert sich an Gypsys Mähne, als sie voranrennt. Mein Hut weht davon.

»Halt, oder ich …«

Oder was? Ich schieße? Mein Herz bleibt kurz stehen und donnert danach so schnell in meiner Brust wie Gypsys Hufe auf dem Boden. Aus dem Augenwinkel sehe ich, wie Bruno aus dem Auto springt. Er schreit etwas und wirft sich mit ganzer Kraft gegen den Polizisten. Der landet im Dreck, beinahe warte ich auf den Schuss, der die Abendstille zerreißt. Gypsy taucht ins Dickicht des Waldes ein. Mit uns auf ihrem Rücken.

14

SCHNELLER ALS DER WIND

Gypsy galoppiert durch den Wald. Zweige schlagen uns ins Gesicht und Marei kommt ins Rutschen. Die Rufe hinter uns werden leiser und verschwimmen zu einem Brei, während wir so über den moosigen Boden jagen.

Es bleibt kein Raum für ein Wort. Ich will Marei sagen, sie soll sich festhalten, doch dann stütze ich sie einfach mit meinen Armen. Es ist schrecklich, keine Gewalt über das Pferd zu haben. Die abgeschnittenen Zügel wehen im Wind und ich komme nicht heran. Unweit wird ein Automotor gestartet, dann ertönt eine Sirene. Die Polizei nimmt erneut die Verfolgung auf.

Neben uns kann ich die Straße erkennen. Lichter von Autos rauschen vorbei. Die Stute hält direkt darauf zu. Jetzt mischt sich das Blaulicht unter die anderen Fahrzeuge. Marei beugt sich weiter nach vorne und keucht. Dafür, dass sie ewig nicht mehr auf einem Pferd saß, macht sie sich gut.

Wir müssen tiefer in den Wald und dann nach Osten. Nur so können wir es schaffen. Ich lehne mich ganz leicht nach rechts und drücke meine linke Wade an Gypsys Körper. Marei jammert, weil sie denkt, wir verlieren den Halt.

Ich ziehe etwas an Gypsys Mähne und verlagere erneut das Gewicht. Und ich schnalze mit der Zunge. Bitte, lass sie mich doch verstehen. Wir sind bald an der Straße …

Ich versuche es erneut und Gypsy reagiert. Nicht ganz wie erwartet, aber sie macht einen Ausfallschritt in die gewünschte Richtung.

»Braves Mädchen«, lobe ich sie mit bebender Stimme. Marei kichert irre. Im Halbdunkel des Waldes taucht plötzlich ein Hindernis vor uns auf.

»Oh Gott!«, schreit Marei. Ich schnappe nach Luft und schon springt Gypsy über den umgestürzten Baumstamm rüber. Es ist wie Fliegen. Völlig lautlos schweben wir einige Sekunden. Die Landung fegt uns fast vom Rücken. Dann verschwimmen die dunkelgrünen Farben um uns herum nur noch und wir reiten und reiten. Ich habe keine Ahnung, wie lange wir uns an Gypsys lange Mähne klammern. Doch dann fällt sie in einen Trab und endlich in den Schritt. Heilige Scheiße!

»Wir leben«, flüstere ich.

»Ich bin mir nicht sicher, ob ich gerade träume.«

»Tust du nicht«, sage ich. Gypsy schnaubt, als ich von ihr runterspringe. Marei zittert am ganzen Körper. Ihr Gesicht ist ganz rot und sie blutet an der Lippe. Ich fürchte, ich sehe nicht besser aus. Zweige können ganz schön peitschen.

»Haben wir sie abgehängt?«, fragt Marei halblaut und ich helfe ihr runter. Sie jault auf, als sie auf ihrem schlimmen Bein aufkommt, und stößt mich fast um.

»Ja, sie sind weg.« Und das schon lange. Ich lache wie eine Irre und lobe mein braves Pferd. Ein Glück, dass sie uns nicht abgeworfen hat. Sie hat es nicht mal probiert. Und das, obwohl ich gespürt habe, wie sehr sie mit der Situation überfordert war.

»Geilo«, feiert Marei und drückt mich. »Wir sind so brillant, ich schwör's dir. Das glaubt uns keiner.«

Da hat sie vermutlich recht. Diese Wahrheit ist zu verrückt.

Ich schaue mich um. Alles hier sieht gleich aus und ich habe die Orientierung verloren. Wo zum Geier sind wir?

Marei lässt sich erschöpft auf den Boden nieder und guckt zu mir auf.

»Du hast deinen Hut verloren«, stellt sie jetzt erst fest.

»Ja, ich weiß. Es war mein liebster.«

»Du siehst gar nicht so übel aus, ohne«, meint Marei. »So sieht man wenigstens, wenn du die Augen verdrehst, wie jetzt gerade.«

Ich grinse schief und sie presst sich die Hand auf den Magen.

»Ich glaube, mir ist ein bisschen übel. Ganz ehrlich, ’ne Achterbahnfahrt ist nichts gegen diesen Ritt.« Ihr Blick geht nach oben, in die Wipfel der Bäume. Man kann nur wenig vom Himmel erkennen. Nur dass der Mond sich auf den Weg gemacht hat und das Licht schwindet.

»So eine Idee hätte ich dir gar nicht zugetraut«, sage ich feierlich und rubble Gypsys dicken Kopf. Sie knabbert an meiner Jacke. »Allerdings weiß ich gerade gar nicht, wo wir hinmüssen.«

Marei rülpst laut. Ich schaue sie erschrocken an.

»Musst du kotzen?« Das letzte Mal auf dem Jahrmarkt musste sie sich nach der wilden Maus übergeben. Wenn sie das tut, kotz ich aus Solidarität mit.

»Nein, ist nur Luft. Gott, mir ist allerdings ein bisschen schwindelig. Muss ich schon zugeben.«

»Das ist das Adrenalin, das noch durch unsere Adern rauscht«, vermute ich. Gypsy stupst mich mit ihrer warmen

Nase. Eine Aufforderung, sie will weiter. Was auch besser für ihre Gesundheit ist, denn sie schwitzt und atmet noch schwer von dem Ritt. Wir müssen sie trocken führen, damit sie nicht krank wird.

»Ist ein bisschen wie bei Hänsel und Gretel, oder? Wir hätten eine Spur aus Brotkrumen legen sollen. Gypsy hätte den Weg zurückgefunden.« Marei wischt sich Dreck aus dem Gesicht.

»Nur wollen wir ja nicht zurück, sondern wohin.«

Aber, wohin? Rechts, den schmalen Pfad entlang, welchen vermutlich Rehe getrampelt haben? Oder doch eher geradeaus?

»Na gut, aber erinnere mich daran, dass, wenn wir an ein Pfefferkuchenhaus kommen, keiner von uns etwas davon nascht. Man weiß ja, wie so was endet.«

»Guter Vorschlag.« Etwas raschelt hinter Farnen und Büschen. Gypsy spitzt aufmerksam die Ohren. Wie unheimlich. Hoffentlich hält sich die Knusperhexe zurück, falls es sie doch geben sollte.

»Wir müssen weiter«, sage ich und angle nach den Zügeln. Ich knote sie hinterm Widerrist zusammen.

»Komm, Gypsy.«

Marei steht umständlich auf. Ich reiche ihr die Hand und stütze sie.

»Also, wie war das? Wo ist Norden?«, überlegt sie.

»Dort, wo Moos an den Bäumen hinaufklettert«, erinnere ich mich an Brunos Worte. Wir sehen uns die Stämme der Eichen ganz genau an. Marei deutet nach vorn. »Ich schätze, dann ist dort Westen. Genau unsere Richtung. Tantchen, wir kommen!«

Wir gehen voran, Gypsy dicht neben uns. Immer wieder müssen wir Buschwerk umgehen und uns neu orientieren. Es dauert ewig. Und wir werden still. Ich bin unglaublich müde.

»Ich kann nicht mehr«, sagt Marei irgendwann und setzt sich auf einen Baumstumpf. Ich knie mich vor sie. Hat sie geweint? Spuren verlaufen über ihre Wangen.

»Tut dein Bein weh?«, frage ich vorsichtig.

Sie nickt stumm.

»Bitte lass mich nicht hier alleine«, flüstert sie und ich nehme sie in den Arm.

»Niemals«, hauche ich.

»Aber du könntest Gypsy in Sicherheit bringen. Ohne mich.«

»Sicher, aber niemand ist so sehr in meinem Herzen wie du. Und außerdem, wenn dich niemand mehr wiederfindet, bei wem soll ich denn dann in der Schule abschreiben?« Ich lächle sie aufmunternd an.

»Doofe Kuh.« Mareis Stimme klingt halb traurig, halb belustigt. Die Geräusche der Nacht hier in den Tiefen des Waldes machen mir ein bisschen Angst. Und Marei geht es genauso. Unser Abenteuer wird unschön.

»Ich möchte, dass du auf Gypsys Rücken steigst«, sage ich irgendwann. »Und ich führe dich dann.«

»Ich glaube nicht, dass sie das besonders mag.« Marei sieht mich zweifelnd an.

Gypsy beobachtet uns, als würde sie unserer Unterhaltung folgen.

»Es ist neu für sie, aber nicht schlimm«, behaupte ich. Unser Pony Louise hatte Rückenprobleme und wurde deshalb nie richtig eingeritten. Was ist mit Gypsy? Hatte es einen Grund, warum sie offensichtlich keinen Reiter gewohnt ist? Jetzt wünschte ich mir auch ein Checkheft für Pferde mit TÜV-Plakette und so.

»Meinst du?«

»Sie hat sich ganz zu Anfang nur erschrocken, deshalb der

Bocksprung.« Ich hätte auch die Krise bekommen, an Gypsys Stelle.

»Sicher?«

»Ja, und ich bin Queen of the day. Darum hab ich hier das Sagen«, scherze ich. Ich bringe Gypsy neben dem Baumstumpf zum Stehen. Marei steht zögernd vor dem Rücken. Ich fackle nicht mehr lange, schnappe mir ihr gesundes Bein und schiebe sie hinauf. Gypsy legt die Ohren an, horcht genau darauf, was außerhalb ihres Sichtfeldes geschieht. Sie weicht sogar zur Seite aus. Doch von Abwehr keine Spur.

»Ruhig, mein Mädchen. Das ist in Ordnung«, beruhige ich sie und sie dreht den Kopf. Mit der Nase erforscht sie Mareis Fuß, den sie ihr zum Schnuppern entgegenhält.

»Schau, ich bin das nur«, sagt Marei und greift in die dicke Mähne. Ich mach den ersten Schritt, Gypsy folgt. Und so gehen wir weiter. Durch den Wald, durch die Nacht.

Es dürften nur noch wenige Kilometer sein. Zumindest hatten wir das vor der Straßensperre errechnet. Und direkt hinter diesem Wald müsste ein Bach liegen, der die Grenze markiert. Von dort aus führt eine Straße genau zum Hof von Mareis Tante. Eigentlich ein Kinderspiel.

Ich muss an die letzte Geschichte denken, die Bruno aus

Esmes Tagebuch vorgelesen hat, bevor es turbulent wurde. Ob Marei durch diesen letzten Tagebucheintrag auf ihre Idee gekommen war?

Ich habe seine Stimme noch ganz genau im Ohr:

15. August 1902

Es war der Abend vor meinem fünfzehnten Geburtstag. Mein Onkel hatte ein neues Pferd, das sich als Stopper herausstellte. Bei jedem Hügel, jeder Steigung hielt die Stute einfach an. Mein Onkel war außer sich und fluchte, ganz in Kesselflickermanier, über dumme Leute, die keine Ahnung von Pferden haben. Denn wird ein Pferd falsch eingefahren, kommt so etwas dabei raus. Ein Jammer, denn die Stute war gut gebaut und wunderschön. Es hieß, ihre Mutter hatte während der Geburt ein Gebiss im Maul. Und das brachte laut Glaube die besten Tinkerpferde hervor. Kräftig und gehorsam. Ich glaubte nicht daran. Ebenso wenig wie an die Geschichte, dass ein Fohlen an einem Pfingstmontag geboren als unberechenbar gilt.

Mein Onkel stieg von der Kutsche und versuchte die Stute zum Weiterziehen zu bewegen.

»Vom Regen in die Traufe«, jammerte er, als mein Vater

hinzukam. Sein letztes Pferd hatte er verkauft, weil es trat und unruhig war. Er hatte einen ordentlichen Gewinn erzielt für das völlig überdrehte Jungtier. Man musste nur wissen, wie. Kurz vor Verkauf dem Pferd ein bisschen Tabak zum Kauen geben, und schon ist es ruhig. Oder gleich eine Tasse Whiskey. Allerdings muss man bei solchen Tricks den Handel schnell abschließen und zusehen, dass man wegkommt. Denn sobald das Pferd wieder nüchtern wird, zeigt es sein wahres Gemüt.

Diesmal scheint jemand meinen Onkel geprellt zu haben. Ein seltenes Ereignis.

»Besser als ein blinder Gaul«, meinte mein Vater und erntete ein unwilliges Schnauben von Onkel Alfonso.

»Ich hatte mal einen. Der ließ sich super fahren. Und hat sich nie erschrocken«, erzählt er.

»Wie lange bleibt das Biest diesmal stehen?«, überlegte mein Vater. Bei der letzten Steigung waren es zwei ganze Stunden gewesen.

»Kannst du sie nicht vorwärtsprügeln?« Mein Vater hatte noch nie viel Geduld und manchmal verfluchte ich ihn dafür. Besonders wenn es für uns Kinder Backpfeifen regnete, wenn wir nicht sofort gehorchten.

»Ach was. Komm hilf mir, wir spannen sie aus«, gab mein Onkel auf.

Wenig später zogen beide Männer die Kutsche selbst über den Hügel. Die Stute trottete nebenher und übernahm ihre Arbeit erst wieder am Fuße der Steigung. Ich konnte nur zu gut verstehen, warum Stopper so unbeliebt waren.

Als wir endlich einen Platz zum Rasten fanden, war es spät. Ich wurde mit einigen Münzen zu einem Haus in der Nähe geschickt, um dem Bewohner ein wenig Wein oder Whiskey abzukaufen, damit wir auf meinen Geburtstag anstoßen konnten. Ich ritt auf Gypsy den Weg hinauf und trabte auf einen Hof. Dann ließ ich meinen treuen Wallach an der Pforte zurück und klopfte an die Tür. Es dauerte nicht lange und ein Bellen erklang. Ich wich zurück und hielt meine Hand fest um meine Münzen. Die junge Frau, die mir öffnete, sagte nichts. Sie ließ nur den Hund los. Er fletschte die Zähne und sprang auf mich zu. Ich rannte. Mein Atem keuchte laut in meinen Ohren. Dann stolperte ich und fiel hin. Ein brennender Schmerz schoss durch meine Handflächen. Die Münze hüpfte über die Steine. Als ich mich auf den Rücken drehte und damit rechnete, die spitzen Zähne an meiner Kehle zu spüren, sah ich nur einen großen Schatten. Dann Hufe, die *donnernd vor mir auf den Boden schlugen. Gypsy hatte sich vor dem Hund aufgebaut. Er beschützte mich. Ich rappelte mich auf. Mein Bein unter den Röcken blutete, das Rot tränkte den Stoff. Ich schrie auf, als der riesige Hund mein Pferd ansprang und versuchte in seinen Hals zu beißen. Wir mussten hier sofort weg. Ich rannte zu ihm, griff in die Mähne und schwang mich auf seinen Rücken. Gypsy lief los, mit einem gezielten Tritt schüttelte ich das Ungeheuer für einen Moment ab, doch er nahm die Verfolgung auf. Wir flohen über Felder, immer weiter. Die Nacht hüllte uns ein und das wütende Gebell des Hundes wurde leiser. Ich wusste nicht, wo ich war. Wir hatten uns verirrt und waren ins Sumpfland geraten. Schnell war es so dunkel, dass ich kaum die Hand vor Augen sehen konnte. Also blieben wir stehen, wo wir waren. Denn ein falscher Schritt konnte für uns beide den Tod bedeuten.*

Wir sind jetzt in einer ganz ähnlichen Situation wie Esme damals. Wie es ihr wohl danach ergangen ist? Sie musste es geschafft haben, sonst hätte sie ja nicht noch einmal in ihr Tagebuch schreiben können. Dieser Gedanke gibt mir ein wenig Hoffnung für uns.

»Gibt's hier eigentlich wilde Tiere?«, fragt Marei mich irgendwann.

»Natürlich, du Keks«, antworte ich matt und schaue zu ihr hinauf.

»Ich meine Raubtiere. So richtig gefährliche.«

»Ich weiß, was du meinst. Und ja, ich denke, hier wurden Wölfe ausgewildert. Du bekommst aber auch gar nichts mit. Vielleicht solltest du mal Zeitung lesen.« Mama liest sie jeden Morgen und zwingt mir das Weltgeschehen quasi auf. Selbst wenn ich wollte, ich könnte mich neuen Straßenplanungen und Bürgermeisterwahlen nicht entziehen.

»Waren die nicht mal ausgerottet?«, überlegt Marei und ich erinnere mich an einen Artikel, in dem Wölfe eine Ziegenherde halbiert hatten. Die Hirten waren ganz klar für ein erneutes Aussterben der Wölfe.

»Ja, aber sie sind wieder da.«

»Wie ungünstig für uns.«

»Die werden uns nichts tun. Die fressen Schafe«, hoffe ich.

»Ach, wenn es weiter nichts ist.« Marei zieht am Zügel und deutet nach links. »Den Baum da, den kenn ich. Wir waren hier schon mal. Wenn wir keine Schafe sind, dann weiß ich auch nicht.«

Ich bleibe stehen und verenge die Augen. Marei spinnt doch, oder?

»Siehst du, wir haben hier Pipipause gemacht. Vor etwa einer Stunde. Mein benutztes Taschentuch liegt da sogar noch.«

»Oh nein, bitte nicht.« Ich beiße fest die Zähne zusammen, damit ich nicht ausflippe. Mein Hunger bringt mich um, meine Füße tun weh – halt, eigentlich schmerzt jeder Knochen im Körper. »Das ist doch verhext«, knurre ich.

»Also doch Hänsel und Gretel.« Marei seufzt.

»Gib mir deine Taschentücher«, fordere ich.

»Was hast du vor?« Sie angelt die Packung aus ihrer Hosentasche.

»Ich markiere jetzt unseren Weg.«

»Was soll das bringen?«

»Dann merken wir wenigstens, wenn wir wieder falsch laufen.«

Ein Maislabyrinth ist nichts gegen diesen beknackten Wald. Ich hätte nie gedacht, dass die Natur mir mal so auf den Keks gehen würde. Missmutig stapfe ich voran. Gypsy dicht neben mir. Äste knacken, Laub raschelt.

Stunden vergehen. Ich frage mich, ob wir je wieder nach

Hause finden, ganz zu schweigen nach Holland. Vielleicht sollten wir uns lieber mit unserem Schicksal abfinden. Möglicherweise würden die Wölfe uns als Rudelmitglieder akzeptieren. Hübscher Gedanke.

Es wird heller. Zuerst denke ich, es dämmert. Doch dann erkenne ich, dass wir den Waldrand erreichen. Ich gehe schneller, stolpere voran. Gypsy spitzt die Ohren.

»Oh, oh, wir werden überleben«, trällert Marei munter. »Ist das nicht super?«

Wir treten aus dem Dickicht hinaus auf eine Wiese.

»Ja, das ist sehr beruhigend«, antworte ich und atme auf. Der volle Mond erhellt den Platz und nicht weit entfernt plätschert der gesuchte Bach. »Yay!«

Eine Weile lassen wir Gypsy grasen und aus dem Bach saufen. Das hat sie sich auch verdient. Dann schwinge ich mich zuerst auf ihren Rücken und ziehe Marei hinter mich. Ihre Arme schließen sich fest um meinen Bauch. Und Gypsy geht unter mir wie ein geübtes Reitpferd. Als hätte sie nie etwas anderes getan.

Die Minuten vergehen, werden zu Stunden. Wir finden Straßenschilder und wie durch ein Wunder den Weg zum Hof von Mareis Tante Enie van Wolkenstein. Er liegt auf einer Anhöhe umgeben von Weiden, auf denen Tiere stehen. Ein Hochlandrind glotzt uns neugierig entgegen, während wir dem Kopfsteinpflaster folgen. Vor einer Scheune begrüßen uns zwei dicke Kühe. Sie sind schwarz-bunt und ich könnte schwören, sie verwechseln Gypsy wegen ihrer Farbe mit ihresgleichen.

Marei steigt ab, als wir durch eine Pforte gestoppt werden. Es ist wirklich hübsch hier. Ein kleines Haus mit roten Klinkern steht in der Mitte. Ich erkenne Schafe und Ziegen in Gehegen. Einige von ihnen blöken uns zu. Marei öffnet das Tor und lässt uns hinein.

»Wo ist denn der alte Köter?«, wundert sie sich und schließt die Pforte hinter uns.

»Von einem Wachhund hast du nichts gesagt«, sage ich beunruhigt.

»Mach dir keine Sorgen, der ist nett. Ich kenne Rex schon, seit ich denken kann. Der tut keiner Fliege was zuleide.«

»Sehr gut.« Ich bin auch wirklich zu fertig, um noch vor einem Hund Reißaus zu nehmen.

Gypsys Hufe klappern laut auf den Steinen, während ich meiner Freundin in Richtung Stall folge.

»Wir bringen Gypsy erst mal rein, dann können wir Tante Enie wecken«, schlägt Marei vor. Sie humpelt leicht, doch ich bin froh, dass es ihr so weit gut zu gehen scheint. Ich zügle Gypsy und springe von ihrem Rücken. Meine Beine fühlen sich taub an, von der Kälte und Anstrengung.

Dann höre ich ein seltsames Geräusch.

»Warte mal«, zische ich Marei zu, die gerade die Stalltür öffnet. Und schon ist es zu spät. Etwas Helles fliegt uns entgegen. Ein schreckliches Geschrei ertönt. Gypsys Augen rollen panisch und sie setzt sich auf die Hinterbeine. Mit einem Ruck reißt sie sich los. Ich stürze der Länge nach hin. Marei landet rücklings in einem Blumenbeet aus Lilien. Das weiße Ding flattert mit den Flügeln und krakeelt. Ich robbe rückwärts. Gypsy rennt davon. Gut, dass Marei die Pforte hinter uns geschlossen hat. Licht flammt im Haus auf. Jetzt erkenne ich, was uns angreift. Eine Gans. Eine weiße, fette Gans, die drohend zischt und mit dem Schnabel nach meinen Schuhen hackt.

»Ahh!« Heilige Scheiße!

»Wer ist da?«, ruft eine Frauenstimme.

»Tante Enie, ich bin es, Marei!«, kreischt meine Freundin panisch.

»Marei, was machst du denn hier? Und das mitten in der Nacht?« Tante Enie kommt zu uns gerannt. Sie hat Lockenwickler im Haar und ein sommerliches Nachthemd an, das der Wind aufbläht. In der Hand hält sie einen Baseballschläger. Auweia.

»Ich freu mich auch, dich zu sehen«, stößt Marei aus, als die Gans jetzt nach ihr schnappt. Sie zappelt und versucht, den Schnabel mit dem Fuß auf Abstand zu halten.

»Dieter, lass das!«, schimpft Tante Enie und verscheucht den Gänserich. Der watschelt empört davon.

»Dieter?« Marei schaut ihm nach.

»Unsere Wachgans«, erklärt Tante Enie und legt den Kopf schief.

»Hast du Rex nicht mehr?«, fragt Marei und steht auf.

»Nein, der ist über die Regenbogenbrücke gegangen.«

Was?

»Oh, das tut mir aber leid.« Marei klopft sich die Erde von den Händen. Mareis Tante hält mir den Baseballschläger entgegen und ich greife ihn, um mich daran hochzuziehen.

»Es war Zeit. Er war so alt.«

»Ja, das stimmt.«

»Genug mit dem Small Talk. Was machst du hier?« Tante

Enie verengt die Augen und stützt sich auf den Baseballschläger. Wüsste ich es nicht besser, würde ich Angst vor ihr haben.

»Das ist eine lange Geschichte«, beginnt Marei und ich gehe zu Gypsy, die in sicherer Entfernung steht und das ganze Spektakel mit ansieht. Mann, für ein Pferd ist sie wirklich 'ne coole Socke.

»Dann fang mal an, ich bin ganz Ohr«, höre ich Mareis Tante fordern.

Wir beginnen also zu erklären. Immer wenn eine Luft holen muss, erzählt die andere weiter. Bis alles gesagt ist. Dann stehen wir eine Weile stumm rum. Mit einem ähnlich intelligenten Blick wie Dieter, der Gänserich.

Ich lausche schon dem Zirpen der Grillen, so still ist es geworden.

»Na gut«, sagt Tante Enie endlich. »Bringt die Stute zu dem alten Sir Henry«, meint sie und knipst uns das Licht im Stall an. Gypsy folgt mir brav. Sir Henry, ein großer Schimmel, begrüßt die Stute freundlich und ich bringe sie in die Box neben ihn.

»Du bist das beste Pferd der Welt«, flüstere ich der Stute ins Ohr, als ich ihr die Trense abnehme. Sie brummt leise, als erwidere sie mein Kompliment. Sie lehnt ihren Kopf an meinen und pures Glück durchflutet mich. Wir haben es wirklich geschafft! Gypsy ist in Sicherheit.

Als wir sie versorgt haben, folgen wir Tante Enie ins Haus. Sie kocht uns Tee und schmiert uns Brote. Ich hab kaum den letzten Bissen runtergeschluckt, da penne ich in Wolldecken gehüllt vor dem Kamin ein. Ich wache erst wieder auf, als meine Eltern das Wohnzimmer stürmen. Gefolgt von der Polizei.

So viel zum Thema Morgenstund hat Gold im Mund.

15

WENN ES NICHT GUT IST, IST ES NICHT ZU ENDE

»Klara, wie konntest du nur?«, ist der erste Satz aus Mamas Mund. Ich blinzle verwirrt. Papa ist viel zu schnell bei mir und drückt mich an sich. Für einen Moment frage ich mich, ob er mich als Strafe für meine Missetat zerdrücken möchte.

»Ich bin so froh, dass dir nichts geschehen ist«, flüstert er in mein Haar.

»Woher wisst ihr, wo wir sind?«, frage ich mehr mich selbst und erhasche einen schuldbewussten Blick von Tante Enie.

Oh nein, das kann doch nicht wahr sein! Papa gibt mich wieder frei. Jetzt wird es langsam etwas voll hier. Mareis Eltern kommen hinzu, gefolgt von den zwei Polizisten, die wir so erfolgreich abgehängt hatten.

»Das ist ein Albtraum, oder?« So muss es sein. Ich schlafe noch. In Wahrheit ist alles gut. Ich werde bald erwachen, ein

Frühstück genießen und dann mit Marei nach Hause fahren. Tante Enie wird ihr Geheimnis, dass Gypsy jetzt bei ihr lebt, mit ins Grab nehmen. Gypsy wird hundert Jahre alt und wir kommen sie jede Ferien besuchen. So war der Plan.

»Das kannst du aber laut sagen, Schätzchen«, sagt Mama und sieht mich vorwurfsvoll an. Ich rühre mich nicht. Kann mich mal jemand kneifen?

»Wir sollten den Kindern keine Vorwürfe machen. Sie haben gedacht, sie tun das Richtige«, mischt sich Tante Enie ein. Weiche graue Locken säumen ihr Gesicht und sie sieht aus wie ein Engel. Ein verräterischer Engel.

Marei kommt die alte Holztreppe, die zu den Schlafzimmern führt, herunter. Als sie sieht, wer zu Besuch ist, bleibt sie stehen.

»Was geht denn hier ab?«, fragt sie benommen.

Mareis Mama sieht aus, als würde sie am liebsten in eine Schimpftirade verfallen.

»Hi, Mama«, sagt Marei und lächelt ihr schönstes Lächeln. »Ich kann das erklären.«

»Da bin ich aber gespannt«, antwortet ihre Mutter und verschränkt die Arme vor der Brust.

Herr Meyer, der junge Polizist, räuspert sich laut. Er sieht immer noch ziemlich angepisst aus. Ob der öfter so eine Laune hat? Der sollte unbedingt an seiner Lebenseinstellung arbeiten.

»Frau van Wolkenstein, Sie haben das gestohlene Objekt in ihrer Obhut?«, vergewissert er sich.

»Sie meinen das Pferd?«, überlegt Tante Enie und weicht meinem flehenden Blick aus. »Das steht im Stall.«

»Dann informiere ich den Besitzer jetzt.« Herr Meyer zückt sein Telefon.

»Nein!«, rufen Marei und ich wie aus einem Mund.

»Tante Enie, warum hast du das getan?«, fragt meine beste Freundin schockiert.

»Ich musste, Marei. Es ist für mich unmöglich, ein gestohlenes Pferd zu beherbergen. Mir könnten alle Zuschüsse für den Gnadenhof gestrichen werden, wenn das herauskommt. Dann verlieren neunzig Tiere ihr Zuhause.« Tante Enie sieht traurig aus. »Das kannst du nicht wollen«, setzt sie hoffnungsvoll nach.

»Nein«, gibt Marei zu und schluckt trocken. Ihre Mutter legt ihren Arm um die Schultern ihrer Tochter.

»Aber ich bin sicher, dass wir eine Lösung finden können, die auch für das Pferd gut ist, nicht wahr?« Tante Enie lächelt beide Polizisten an. Herr Müller lächelt zurück, Herr Meyer nicht.

»Zunächst muss das Tier zurück zum Besitzer«, meint Herr Meyer ungerührt. Mir ist zum Heulen zumute und ich flüchte mich in Papas Umarmung. Das knallt ja wohl echt dem Frosch die Locken weg! So ein Ende. Solch ein Verrat.

»Setzen Sie sich bitte alle einmal hin. Ich möchte etwas besprechen«, sagt Tante Enie und deutet auf die Wohnzimmergarnitur. »Teechen?« Ihr Blick duldet keine Widerrede.

»Ach, dazu sag ich nicht Nein«, meint Wachtmeister Müller und gibt seinem jüngeren Kollegen einen kleinen Stoß in Richtung Sofa. Marei und ich nehmen als Erstes Platz.

»Wie geht es jetzt weiter, Herr Wachtmeister? Für die Kinder, meine ich«, will meine Mutter wissen und setzt sich ihm gegenüber.

»Ja, das kommt ganz drauf an. Ihre Töchter sind mit dreizehn Jahren noch nicht strafmündig. Nur der Junge ist vierzehn.«

»Bruno hat damit gar nichts zu tun. Er war an der Planung und Umsetzung gar nicht beteiligt«, sagt Marei empört.

»Ist so. Er war nur zum falschen Zeitpunkt am falschen Ort«, bestätige ich. »Er ist uns quasi dazwischengekommen.«

»Wenn das so ist, muss er sich nur mit seinen Eltern auseinandersetzen«, vermutet der Beamte. Tante Enie kommt mit Tee und Gebäck zurück. Herr Müller greift fröhlich zu.

»So, meine Herren«, beginnt Mareis Tante und setzt sich zu uns. »Ich kann das Pferd nicht herausgeben, solange es in so schlechter Verfassung ist.« Marei und ich blicken sie fragend an.

»Es ist offensichtlich, dass es eine Weile unterversorgt war.«

»Na, das ist doch sicher auf die letzten Tage zurückzuführen«, antwortet der Polizist Herr Meyer und verschluckt sich beinahe am heißen Tee. Recht so.

»Ganz sicher nicht. Die Stute hat seit langer Zeit keinen Hufschmied mehr gesehen, sie leidet unter Selenmangel und braucht einen Zahnarzt. Der Tierarzt ist bereits unterwegs hierher und wird Ihnen das bestätigen. Ich werde außerdem eine Untersuchung veranlassen, ob es sich hier um Tierquälerei handelt. Es gibt zahlreiche Wunden, die von Schlägen auf die Beine herrühren.«

»Umpf«, kommt es von Herrn Meyer.

»Super«, meint Herr Wachtmeister Müller und sieht zufrieden aus.

»Genau«, sagen Marei und ich. Tante Enie zwinkert uns zu.

»Was geschieht, wenn sich herausstellt, dass Herr Fassbinder ein Tierquäler ist?«, fragt Mareis Mama.

»Nun ja. Dann kann man ihm vermutlich die Stute wegnehmen«, überlegt Wachtmeister Müller. »Möglicherweise kann sie dann doch hierbleiben.«

»Juhu, du bist super, Tante Enie!«, stößt Marei aus.

»Freut euch nicht zu früh, Kinder. Hier ist das letzte Wort noch lange nicht gesprochen«, meint Wachtmeister Meyer.

Ich könnte ihr trotzdem vor Freude um den Hals fallen.

Kurz bevor wir nach Hause aufbrechen, wollen Marei und ich uns von Gypsy verabschieden und beim Füttern der Pferde helfen. Die Polizisten sind schon weg und unsere Eltern sind damit beschäftigt, sich darüber zu wundern, dass wir sie so an der Nase herumführen konnten. Ich fürchte, das wird eine Masse erzieherischer Maßnahmen nach sich ziehen.

»Ich hoffe wirklich, dass Gypsy bei dir bleiben kann«, sagt Marei noch einmal zu Tante Enie, als wir mit ihr zusammen in den Stall gehen. Ich bekomme fast einen Herzinfarkt, als ich eine leere Box vorfinde.

»Gypsy ist weg!«, stoße ich aus.

Mareis Augen weiten sich. Tante Enie findet den offenen Riegel der Box. Die Tür steht offen und Sir Henry ist ganz aufgeregt. Tante Enie beruhigt ihn.

»Reg dich nicht auf, meiner Lieber. Du bekommst eine Möhre, ja?«, sagt sie zu dem randalierenden Wallach. Ich folge einem scharrenden Geräusch, das aus dem hinteren Teil des Stalls kommt.

»So was, hat jemand die Karotten gesehen?«, fragt Enie und ich hab da schon so eine Ahnung, als ich um die Ecke spähe und unser Tinkerpony mampfend vorfinde.

»Ja, Gypsy. Aber nur kurz«, antworte ich, während ich ihren dicken Kopf aus dem Jutebeutel ziehe. Das verfressene Pony hat nichts übrig gelassen. Kein Wunder, dass Sir Henry sauer ist. Er donnert mit seinem Huf gegen die Boxtür und schüttelt verärgert den Kopf.

»Wir haben es also mit einem Ausbrecher zu tun«, stellt Enie belustigt fest und ich zerre Gypsy hinter mir her. Ich bin ein bisschen peinlich berührt. Ob Gypsy sich ein Beispiel an unseren Missetaten nimmt oder es ihr im Blut liegt, wage ich nicht zu überlegen.

»Sie wird sich bessern«, antworte ich und knuffe die Stute, die versucht, wieder zurück zu den Möhrenresten zu kommen. Tante Enie lacht. »Da bin ich mir nicht sicher. Aber wir werden schon miteinander auskommen«, beruhigt sie uns.

Marei und ich bringen die Stute wieder in ihre Box. Ich vergrabe meine Finger in ihrer Mähne und atme ihren Duft ein.

»Wir kommen, so schnell es geht, zurück, Gypsy«, flüstere ich und sie hält ganz still. »Du bist in Sicherheit und wir werden alles regeln. In der Zwischenzeit benimmst du dich am besten.« Sie lauscht. »Ich hab dich ganz doll lieb.«

Wochen später treten wir unseren Sozialdienst im städtischen Tierheim an. Den haben wir als Strafe für die Verstöße gegen das Gesetz aufgebrummt bekommen. Tja, was soll ich sagen? Shit happens. Im wahrsten Sinne des Wortes. Denn ich bin gerade dabei, gefühlt Hunderte Puphaufen aus Katzenklos zu schaufeln. Und das stinkt bis zum Himmel. Eine Mieze spielt dabei mit meinem offenen Schnürsenkel und ich muss aufpassen, dass ich nicht über sie falle.

»Machst du auch gleich Pause?«, ruft mir Bruno zu, der gerade vom Gassigehen mit zwei Pinschern zurück ist. Irgendwie herrscht hier eine ungerechte Arbeitsverteilung. Der eine darf an die frische Luft, während der andere den ganze Tag Kacke schaufelt.

»Ja, sag Marei Bescheid«, sage ich und rümpfe die Nase über den beißenden Geruch.

»Schon erledigt.« Bruno grinst schief und winkt. Ich beeile mich, mit den Katzenklos fertig zu werden. Eine Pause wird mir guttun, auch wenn ich mich nur ungerne von dem süßen Kätzchen trenne, das jetzt mein Bein hinaufklettert. Ob Mama und Papa eine weitere Hofkatze gut finden würden?

»Na, da seid ihr Faulpelze ja«, begrüße ich Bruno und Marei, als ich in den Pausenraum komme. Aus dem Augenwinkel sehe ich die Steckbriefe von glücklichen Tieren, die bereits ein Zuhause gefunden haben. Und Kassedy, den alten bärenartigen Hund mit Knopfaugen, der es Bruno so angetan hat. Seine Geschichte ist auch eine traurige. Denn sein Herrchen starb vor Kurzem an einen Herzstillstand auf offener Straße. Kassedy trauert und braucht mehr Zuwendung, als er hier im Tierheim bekommen kann.

»Du kommst spät«, meint Bruno und ich setze mich an den Tisch. Ungelenk richte ich mir meinen Lieblingshut Nummer zwei auf den Kopf. Der Verlust meines alten Blauen schmerzt noch immer, doch ich habe mir vorgenommen, ihm nicht ewig nachzutrauern.

Kassedy guckt müde auf. Ich angle nach der Keksdose und muss sofort an Gypsy denken. Es sind nur noch ein paar Krümel am Boden. Kein Keks weit und breit.

»Sag mal, Marei, hast du die alle alleine gegessen?«, ärgere ich mich.

Sie hebt unschuldig guckend ihre Hände. »Fimfalabim«, sagt sie kauend. Bruno lacht und packt eine Tüte Gummibärchen aus. Er ist und bleibt unser Superman. Jetzt rührt sich Kassedy und kommt zu uns geschlurft. Bruno tätschelt seinen dicken Kopf.

»Ich überlege als Anwalt in den Tierschutz zu gehen«, sagt Bruno nach einer Weile.

»Oh, Bruno, das ist eine so wunderbare Idee!«, antwortet Marei und guckt ihn wieder so an. Ich schwöre, ich habe genau diesen Blick heute bei einem Dackel in der Hundeabteilung gesehen. Der wollte einen Knochen.

»Find ich auch. Vielleicht steige ich ja später mit ein«, überlege ich. Wenn mein Zeugnis gut genug wird, natürlich. Ich bin immer noch fasziniert vom dem Fall *Gypsy-Sommer* oder wie Marei auch sagt, *dem Sommer zum Pferdestehlen*. Es war ein harter Kampf um unser Pony. Der alte Fassbinder war ein zäher Hund und das Wort *Erbarmen* konnte der nicht mal buchstabieren. Nicht nur, dass er auf seine Anzeige bestand, die uns diese Arbeit hier einbrachte, er wollte Gypsy auch unbedingt beim Schlachter sehen. Tante Enie und ihr Tierarzt konnten nicht eindeutig beweisen, dass die Wunden und Unterversorgung vom Fassbinder selbst stammten. Wir waren kurz davor, Gypsy zu verlieren. Und sie ihr Leben.

Dass die rettende Idee gerade von der Frau kam, der wir die Kirschen geklaut hatten, war geradezu verrückt. Wir leisteten nämlich Wiedergutmachung für unsere Diebstähle. Einen Tag brachten wir die Dinge, die wir aus dem kleinen Laden gestohlen hatten, wieder zurück und entschuldigten uns aufrichtig mit Hilfe von Pralinen. Am nächsten suchten wir die Frau auf, in deren Garten wir die Kirschen mitgehen ließen. Ich muss zugeben, ich hab mir fast in die Hose gemacht, als sie die Tür öffnete und uns sofort wiedererkannte. Und das Schlimme war, sie wollte unsere kleinen Kirschbäume, die wir ihr schenkten, nicht mal annehmen, weil sie so beleidigt war. Bis Marei begann, unsere Geschichte zu erzählen.

»Es tut uns wirklich leid, was wir getan haben. Aber es ging um Leben und Tod«, leitete Marei theatralisch ein. »Und das

Schreckliche, wir haben trotz aller Mühe verloren. Und jetzt wird Gypsy sterben«, begann sie und ich hielt die Luft dabei an. Die Frau beäugte uns misstrauisch. Eine steile Falte bildete sich zwischen ihren buschigen Augenbrauen. Und dann sagte sie: »Kommt mit in den Garten. Eure mageren Bäumchen könnt ihr selbst einpflanzen.« Wir folgten ihr. Ich stumm wie ein Fisch, Marei plappernd wie ein Wasserfall. Und sie heulte, als sie unser Scheitern ausführte.

Die runde Frau blieb ganz ruhig und meinte nach einer Ewigkeit: »Ich will euch helfen und mir schwebt da schon etwas vor.« Am nächsten Tag erschien Gypsys Schicksal in jeder Zeitung im nahen Umfeld. Und im Internet natürlich.

Zeitgleich starteten wir eine Petition. Eine Unterschriften-Aktion: *Rettet Gypsy!* Und wir hatten Erfolg. Gypsy war frei und durfte leben! Vorerst bei Tante Enie.

»Also, wenn ich eine eigene Kanzlei habe, würde ich es begrüßen, wenn ihr für mich arbeitet«, meint Bruno jetzt und ich finde, er wird langsam ganz schön frech.

»Ich würde es begrüßen, wenn du auf dem Boden bleibst, Meister.« Das musste jetzt mal gesagt werden.

»Was willst du mir damit sagen?«, fragt Bruno verwirrt.

»Wir leben im Zeitalter der Emanzipation«, erinnere ich ihn.

»Emanziwas?«, fragt Marei.

»Frauenrechte, Marei. Bedeutet, Bruno sollte für uns arbeiten.«

»Ich glaube, du verstehst da was nicht richtig«, meint Bruno und rückt seine Brille nervös zurecht.

»Ich denke schon. Ich verstehe genau«, untermale ich und hebe meinen Finger.

»Erstens: Emanzipation kommt aus dem Lateinischen und bedeutet so viel wie: Entlassung aus der väterlichen Gewalt. Oder der Sklaverei. Im Bezug auf die Frauenrechte ist damit gemeint, dass Frauen ihre Rechte selbst wahrnehmen sollten«, erklärt Bruno.

»Sag ich doch.«

»Das bedeutet aber nicht, dass wir Männer im Gegenzug nur noch für euch arbeiten sollten. Und ein Mann ist übrigens ein guter Arbeitgeber«, verallgemeinert er und ich ziehe einmal mehr meinen Hut tiefer ins Gesicht, damit er nicht von meinem lodernden Blick in Flammen aufgeht.

»Mach mal 'nen Punkt.« Ich linse unter dem Hutrand hervor. »Bei uns ist das so, dass mein Vater quasi für meine Mutter arbeitet, weil ihr der Hof gehört«, klugscheiße ich.

»Aber eine Ehe ist doch kein Arbeitsverhältnis«, sagt Bruno. Ich sag nichts dazu. Hauptsächlich, weil mir nichts mehr einfällt.

»Aber was ich euch noch erzählen wollte«, beginnt Bruno geheimnisvoll und macht eine viel zu lange Pause.

»Was denn?«, hake ich nach und stopfe mir eine Handvoll Gummibärchen in den Mund.

»Ich konnte meine Eltern davon überzeugen, Gypsys Kutsche vom Fassbinder zu kaufen.«

»Ist nicht wahr!«, quietsche ich begeistert und mein Groll ist vergessen.

»So wahr ich hier sitze. Sie mussten einen ganz schönen Preis hinblättern, aber der Wagen gehört jetzt offiziell uns.«

»Heilige Scheiße, das ist ja großartig!« Keine Ahnung, warum ich jetzt neben Marei auch an Brunos Hals hänge. Ich lasse ihn blitzschnell wieder los. Er ist puterrot im Gesicht und seine Brille beschlägt.

»Ich musste allerdings versprechen, dass wir nie mehr alleine so weite Ausflüge damit unternehmen«, berichtet Bruno weiter.

»Das hast du doch nicht schriftlich gegeben, oder?«, frage ich skeptisch.

Bruno grinst. »Wo denkst du hin! Außerdem ist es Auslegungssache, wie weit ›weit weg‹ ist. Und wann wir alleine sind und wann nicht.«

»Du Rechtsverdreher.« Ich muss lachen. Unser Gypsy-Sommer hat definitiv Spuren bei unserem Bruno hinterlassen. Er fährt sich lässig durch sein Haar und sieht gar nicht mehr so brav aus wie zuvor.

»Na ja, wir werden sehen, was noch so passiert.« Bruno lehnt sich auf seinem Stuhl zurück. »Ich für meinen Teil werde demnächst das Projekt Kassedy anlaufen lassen.«

Marei und ich schauen ihn fragend an. »Na, er braucht ein neues Zuhause«, hilft er uns auf die Sprünge.

»Und was hast du vor?«, will ich wissen. Kassedy winselt und legt seinen großen Kopf auf Mareis Schoß.

»Eine breit angelegte Werbeaktion für Tierheimtiere. Ich dachte daran, sie den Menschen näherzubringen. Vielleicht indem wir regelmäßig Ausflüge mit ihnen machen und sie den Leuten, die uns begegnen, vorstellen«. Ich finde die Idee gut und wäre auf jeden Fall dabei. Ich muss an Esmes letztes Tagebuch denken, das Bruno uns vor Kurzem vorgelesen hatte. Und an die Geschichte, wie sie ihren Ehemann durch die Rettung eines Welpen kennenlernte.

»Hunde können das Leben verändern, das ist ja bekannt«, überlege ich.

»Ah, ja. Karl, der Esme dabei half, den ertrinkenden Welpen aus dem Fluss zu retten, den ein Metzger dort hineingeworfen hatte«, erinnert sie sich an den Tagebucheintrag und verzieht ihr Gesicht. »Ich kann es immer noch nicht fassen, dass Menschen dazu fähig sind.«

»Damals war so was normal, Marei. Die Menschen mussten sehen, dass sie sich selbst versorgen konnten. Und Geburtenkontrolle gab es weder für sie noch für die Tiere. Und wenn zu viele Katzen und Hundebabys geboren wurden, musste man etwas unternehmen und ...«

»Aber doch nicht so«, protestiere ich und Bruno fällt mir ins Wort. »Wäre es aus deiner Sicht besser, sie einfach verhungern zu lassen, Klara? Verhungern ist eine langwierige und schmerzhafte Angelegenheit.«

Mir ist schon lange klar, dass unsere Welt eine ganz andere ist als die von damals. Trotzdem bin ich immer noch schockiert über so manche Brutalität.

Doch letztendlich liegt es in der Hand der heutigen Generation, es besser zu machen. Wenn jeder von uns gute Gedanken hat und hilfsbereit ist, dann kann dieser Ort ein besserer werden. Und wir drei Musketiere fangen schon mal damit an, bis sich die anderen Schnarchnasen uns endlich anschließen. Also, lasst euch nicht zu lange Zeit!

<u>11. September 1920</u>

Es war Spätsommer. Die Bäume rauschten im Wind, als ich Gypsy das letzte Mal von der Weide holte. Wie immer stand er zu der gewohnten Zeit schon am Tor und wartete auf mich. Ich öffnete das Gatter und rief ihn. In den letzten Tagen setzte er sich immer langsamer in Bewegung, weil seine Gelenke steif wurden. Für ein Pferd in seinem Alter auch nicht ungewöhnlich. Er wurde bereits dreiunddreißig Jahre alt. Ich ging voran, den schmalen Weg entlang zum Hof meines Mannes. Unsere Hündin Luzi spielte mit meiner Tochter Fay. Sie kamen uns beide entgegengelaufen. Meine Zweijährige stützte sich auf den Schäferhund, der darauf aufpasste, dass Fay nicht fiel. Plötzlich blieb Gypsy stehen. Ich drehte mich zu ihm um.

»Mein Guter, es wartet Hafer auf dich«, sagte ich zu ihm. Er sah mich lange aus seinen klugen Augen an. Fast war mir,

als würde er in Erinnerungen schwelgen. Als saugte er diesen Ort in sich auf und seine Ereignisse. Er war immer dabei gewesen, mein Gypsy. Als ich meine Traveller-Familie verließ, um sesshaft zu werden. Als ich mein erstes Kind von Karl verlor und er mit ihm den Arzt zur Hilfe holen musste. Gypsy hatte Luzi, den Welpen, den Karl und ich aus dem Fluss fischten, erzogen. Denn sie war ein furchtbarer Hund gewesen, als sie noch klein war. Sie hatte nur Unsinn im Kopf gehabt. Und Gypsy nahm sich ihrer an. Sie schlief bei ihm und fraß mit ihm. Und wenn sie frech wurde, bekam sie einen Kniff.

Ich ging an Gypsys Seite und kraulte seinen Hals. Er atmete tief durch, dann ging er weiter. Er musterte Fay, die lachend umhertollte. Luzi machte nicht mit, ihre Aufmerksamkeit lag auf Gypsy. Ich schluckte. Denn ich wusste, was Luzi wusste. Gypsy trat in seine Box. Er fraß nicht. Irgendwann legte er sich hin. Luzi und ich setzten uns zu ihm und standen ihm bei, als er das letzte Mal ein- und ausatmete. Nie zuvor fiel mir ein Abschied so schwer.

Draußen rauschten die Bäume um die Wette. Ich bildete mir ein, dass der Wind Gypsys Seele mit sich nahm, um sie einem anderen Pferd zu geben. Vielleicht einer kleinen Stute, die irgendwann einmal geboren würde. Vielleicht an einem anderen Ort in einer besseren Zeit. Fay kam zu uns und kletterte auf meinen Schoß. Ich stand auf, drückte sie fest an mich und ging hinaus. Die Wolken über uns zeichneten weiße Pferde, die galoppierten, und eine Böe versuchte, meine Tränen zu trocknen. Doch es dauerte lange. Viele Jahre sogar. Trotzdem war ich der glücklichste Mensch auf Erden, weil ich Gypsy gekannt hatte.

Ende

© Vanessa Rosenbrock, YourGreatMoments

Als Winterkind im Jahre 1978 in Bremen geboren, verfolgte Mina Teichert zunächst hartnäckig das Ziel, Kunstreiterin im Zirkus zu werden. Mit zwölf entschied sie sich um und beschloss, Kinofilme zu machen, was sie über dem Umweg als Fotografin ans Schreiben brachte. Schnell verliebte sie sich in diese Art des Geschichtenerzählens.

Wenn Mina nicht gerade schreibt, hilft sie ihrem Mann auf seinem Milchviehbetrieb in Niedersachsen oder bemuttert ihre fünfzehnjährige Tochter und deren Katzenbabys.

Jutta Ehmke
Das Wunschbüro der Lilith Faramay
Gewissensbisse garantiert

192 Seiten
Hardcover
ISBN 978-3-7641-5151-5

Ab 10 Jahren

ebook **Auch als E-Book erhältlich!**

Ein Wunsch mit Folgen ...

»Nur Idioten lassen sich mit Dschinnen ein«, pflegt die mächtige Dschinna Lilith zu sagen. Sie hat in den 273 Jahren ihres Dschinnendaseins schon eine Menge gesehen. Doch ein 14-jähriger Junge, der plötzlich auf ihrer Türschwelle auftaucht, und sich seinen Onkel wegwünscht? Und sich obendrein einfach nicht abwimmeln lässt? Schließlich bietet sie dem Jungen einen Deal an: Rupert soll eine Woche lang als ihr Butler arbeiten. Und wenn er danach immer noch nicht abgeschreckt ist, erfüllt sie ihm seinen Wunsch. Doch wie sagt Lilith immer so schön? Traue nie einem Dschinn ...

Eine magische Geschichte der anderen Art!

www.ueberreuter.de
www.facebook.com/UeberreuterBerlin